DE HANDHAVER

RENEE ROSE

Vertaald door
M ZACHS

 Formatted with Vellum

WIL JE GRATIS BOEKEN?

speciale prijzen, exclusieve previews en nieuws over nieuwe uitgaves.

UNTITLED

De Handhaver

Ze is mijn zwakte, mijn obsessie. En nu mijn gevangene.

Ik heb twaalf lange jaren in een Siberische gevangenis doorgebracht.

Sinds mijn vrijlating heeft niets mijn interesse kunnen vasthouden.

Niets behalve zij.

Week na week kijk ik hoe haar band optreedt

Ik kan haar niet uit mijn gedachten krijgen.

Wanneer mijn verleden me inhaalt, wordt zij een doelwit.

De enige manier om haar te redden is haar op te sluiten.

Haar gevangen houden tot alles overwaait.

Ze zal me nu nooit vergeven, maar ik kan het niet uitleggen.

Ik kan niet praten.

HOOFDSTUK 1

Oleg

Sluitingstijd bij Rue's Lounge is het ergste deel van elke week. Ik drink mijn laatste slok bier en zet het flesje neer, terwijl ik met tegenzin opsta van de tafel die ik vroeg op de avond had geclaimd. Story, mijn Amerikaanse zangvogel, en haar bandleden verzamelen zich rond de bar, nog steeds vol energie na weer een episch optreden.

Ik aarzel, maar er is geen excuus om te blijven. Niet wanneer Rue, de eigenaar met hanenkam, al de tl-verlichting heeft aangedaan om de laatste klanten weg te jagen. Niet wanneer ze specifiek naar mij heeft gewezen en met haar hoofd naar de deur heeft geknikt.

Ik heb geen reden om te blijven. Ik hang niet rond om de moed te verzamelen, Story mee uit te vragen.

Dat zou onmogelijk zijn zonder tong.

Ik zal ook geen andere manier verzinnen om contact met haar te leggen. Ik ben de man niet voor haar. Dat weet ik.

En ik blijf ook niet om meer uren naar haar te staren. Nou, misschien een beetje. Het is verdomd moeilijk om weg te kijken als zij in een ruimte is. De leadzangeres en gitariste

1

met de honingzoete stem is magnetisch. Betoverend. Geweldig getalenteerd en punk-mooi.

Nee, ik blijf omdat ik niet in staat ben om weg te gaan. Ik kan het pand niet verlaten totdat ik absoluut zeker weet dat Story veilig thuiskomt.

Ik zie hoe ze haar derde margarita in een paar snelle slokken naar binnen werkt en dan lacht om iets wat een van haar vrienden zegt. Haar Debbie Harry-bob is deze week lichtroze – ze heeft een vleugje champagne aan haar gebruikelijke platina toegevoegd, waardoor haar bleke huid straalt. Ze is zo mooi dat het pijn doet.

Ik dwing mezelf naar buiten te lopen.

Ik weet dat de bar vertrouwd is voor haar, en ze heeft er veel vrienden. Ze heeft ook haar bandleden, waaronder haar broer. Ze zouden allemaal op haar moeten letten. Maar er is alcohol in het spel. Mogelijk drugs. En ik weet dat ik niet de enige *mudak* ben die ondeugende gedachten koestert over wat ze met de raadselachtige zangeres van de Storytellers zouden willen doen.

De bandleden blijven soms drinken nadat Rue's sluit, wat legaal is omdat ze op de loonlijst van de bar staan. Op die avonden zit ik in mijn Yukon Denali te wachten tot ik Story veilig in de bus van de band zie stappen of zie vertrekken met iemand die ze kent.

Vanavond gaan ze allemaal na mij naar buiten met hun groupies. Ik zal niet lang hoeven wachten.

Snel zal ze veilig uit mijn zicht zijn. Ik kan naar het penthouse gaan en beginnen met aftellen tot ze volgende week weer speelt.

Ik loop naar mijn voertuig en leun met mijn onderarm op de motorkap, wachtend om er zeker van te zijn dat ze hier veilig wegkomt.

Story zwalkt terwijl ze door de parkeerplaats sjokt in haar Dr Martens, de alcohol heeft haar duidelijk geraakt.

Haar netkousen hebben een scheur langs één dij die me de neiging geeft het karwei af te maken. Ze open te scheuren en me een weg te likken naar de top van die welgevormde benen. Alleen heb ik geen tong om mee te likken.

Blyad'. Ik ben sinds mijn tong werd afgesneden niet meer dan twee keer met een vrouw geweest. Ik weet niet hoe ik de liefde zou bedrijven met Story zonder dat verdomde puntje van mijn tong.

Haar broer – de versierder van de band – heeft een hete meid onder elke arm, en hij loopt achter zijn zwalkende zus naar hun busje. Zijn busje – denk ik. Tenminste, hij rijdt er meestal in.

Ze heeft een kleine Smart waarmee ze af en toe komt opdagen.

Flynn zegt iets tegen Story en wijkt af van de bus, terwijl hij zijn twee dates meeneemt.

'Wat? Wacht – Flynn – dat kun je niet!' roept Story hem na.

Hij negeert haar.

'Ik heb te veel gedronken om naar huis te rijden.'

Flynn luistert niet eens. Hij zegt iets tegen de meisjes, en ze giechelen als reactie.

De rest van hun groep is naar andere voertuigen vertrokken, waardoor Story alleen achterblijft met het busje.

Dronken.

Blyad'. Ik ben niet de aangewezen persoon om haar te vertellen dat ze niet dronken moet rijden. Nogmaals – ik vertel duidelijk niemand wat – ik *kan* niemand wat vertellen.

Maar ik vind het niet fijn.

'Flynn!' roept Story naar haar broer. 'Kun je me niet eerst afzetten?'

'Ik heb ook gedronken,' zegt hij, hoewel ik denk dat hij waarschijnlijk in veel betere toestand is dan zijn zus.

Ik stap van mijn voertuig weg om mezelf te laten zien. Ik

houd mijn sleutels omhoog en wijs naar de Denali. Het is ongeveer zo dicht als ik in lange tijd bij communiceren ben gekomen. Meestal probeer ik het niet eens. Op die manier stoppen mensen met proberen contact met me te leggen. Me erbij te betrekken. Op die manier word ik onzichtbaar.

Voor zover een man van een meter achtennegentig en honderdzevenentwintig kilo onzichtbaar kan zijn.

Story ziet me en aarzelt. Ik kan zien dat ze mijn aanbod heeft begrepen. Ze overweegt het.

Een deel van mij wil dat ze het afwijst. Ze zou niet in auto's moeten stappen met mannen die ze niet echt kent. Ik bedoel, ze kent me van een bar, maar ik zou elk soort engerd kunnen zijn.

Maar haar schouders zakken in berusting. Ze houdt haar sleutels omhoog en zwaait ermee naar mij. 'Oleg – kun je me naar huis rijden?' lalt ze.

Ze wil dat ik haar busje bestuur.

Ik knik, ik beweeg al voordat mijn hersenen zelfs de consequenties hebben overwogen.

Dit zal contact vereisen. Pogingen tot gesprek. Ongemakkelijke stiltes die hoogstwaarschijnlijk worden gevuld met vermeden oogcontact en de metaalachtige geur van angst. Dat is wat er eerder gebeurde wanneer iemand die zo goed is als Story te dicht bij mij komt. Fuck, ik haat dat.

Ik jaag mensen de stuipen op het lijf. Ik ben groot, dreigend, bedekt met bratva- en Siberische gevangenis tattoos, en ik kan niet spreken omdat mijn laatste werkgever mijn tong heeft afgesneden om te voorkomen dat ik zijn geheimen zou verklappen. Ik adem intimidatie uit. Ik zie eruit alsof ik een man met mijn blote handen kan doden zonder ook maar een beetje te zweten.

En dat heb ik. Vele malen.

Ik ben de handhaver van de bratva.

Story struikelt een beetje als ik aankom, en ik pak haar

4

elleboog, waardoor ze steviger staat. Ze leunt tegen me aan en geeft me een ongerichte glimlach. 'Dank je wel dat je me redt. Ik wist dat je dat zou doen.'

Ik probeer het effect van haar woorden op mijn kloppende hart te negeren. De manier waarop het een dubbele hartslag maakt, dan een slag laat overslaan, dan weer vooruit laat racen.

Ze wist dat ik het zou doen.

Nou, mooi. Want ik dacht eerlijk gezegd dat ze op het punt stond 112 te bellen om me aan te geven voor stalken, omdat ik elke week een jaar lang bij de shows van de prachtige leadzangeres was.

Ik was niet van plan om de stalker van Story Taylor te worden.

Ik kijk gewoon graag elke week naar haar optreden. Ik weet niet wanneer ik geobsedeerd raakte. De eerste keer dat ik ze zag spelen?

Nee, toen werd ik een fan. Toen wist ik dat ik haar slanke lichaam onder het mijne wilde krijgen om haar van plezier te laten schreeuwen.

De derde keer?

Misschien.

Alles wat ik weet is dat ze nu mijn verslaving is. Ik wil niet komen. Ik haat het verdomme dat de jongens in mijn bratva-cel er achter kwamen en me willen helpen om met haar te versieren. Ik wil onzichtbaar blijven. Een blok beton dat niemand kan lezen. Ik sloot me af toen ik me plotseling in de gevangenis bevond zonder tong. Ik leerde communiceren met mijn vuisten en stopte met elke andere vorm van verbinding. Maar zij is mijn zwakte.

Ik kan niet wegblijven.

Ik kan mezelf er niet van weerhouden de eerste te zijn die arriveert en de laatste die vertrekt op zaterdagavond. Ik wil nergens anders om geven, vooral niet om een volslagen vreemde die nul interesse heeft in een reusachtige, stomme, sterke man.

Maar hier ben ik.

Weer.

Niet in staat weg te kijken van haar prachtige gezicht. Of weg te blijven van dat bloedgeile lichaam waarvan ik elke centimeter wil plezieren. Of zelfs maar na te denken over haar onbeschermd achterlaten, aangezien niemand het met mij aan de stok zou durven krijgen.

Ik neem de sleutels uit haar hand, open de passagiersdeur van het busje en til haar erin met mijn handen om haar middel. Ik hou verdomd veel van het gevoel van haar stevige vlees onder mijn handpalmen. Van haar volle gewicht dragen, er controle over hebben.

'Oh!' Mijn hulp verrast haar, en ze laat een hijgerige giechel horen. 'Bedankt.' Ze is niet vaak zo dronken. Vaak nipt ze de hele tijd aan één drankje terwijl de rest bezopen wordt. Vanavond was een uitzondering.

Ik sluit de deur en doe mijn ogen dicht, terwijl ik mijn lul probeer te kalmeren. Om te stoppen met reageren als een tienerjongen elke keer dat ik haar aanraak. Ze ruikt zoet, naar margarita's en vanille.

Ik weet dat ze niet van mij is.

Ze zal nooit van mij zijn.

En toch weigert een deel van mij dat te begrijpen. Een deel van mij claimde haar de eerste keer dat ik haar zag.

Ik stap in het busje en start het, kijk dan naar haar en haal mijn schouders op voor aanwijzingen. 'Oh, eh, hier.' Ze pakt haar telefoon en opent de Google Maps-app. Ze voert een adres in, en de geautomatiseerde stem begint aanwijzingen te geven. 'Dat is makkelijker dan dat ik het probeer te vertellen,' lalt ze. Ze zwaait onregelmatig met haar hand in de lucht. 'Ik zou het misschien verkeerd doen of zo.'

Ik leg de telefoon in de middenconsole en volg de aanwijzingen. Haar appartement ligt een paar kilometer van de bar, in een redelijke buurt. Ik vind een parkeerplaats verderop in de straat, zet het busje uit en geef haar de sleutels.

Nu weet ik waar ze woont.

En dat is een groot probleem.

Ik heb haar bewust nooit gevolgd. Dat zou de grens echt ver overschrijden naar stalker terrein. Maar nu weet ik het? Fuck.

Zal ik in staat zijn om hier weg te blijven? Ik moet weten dat ze veilig is elke keer dat ze haar appartement verlaat, niet alleen de bar.

Godverdomme.

Waarschijnlijk niet.

Dit gaat een probleem voor me worden. En voor haar.

Voor ons beiden.

Story

Ik weet niet waarom het pas bij me opkomt als hij me de sleutels geeft dat Oleg nu geen manier heeft om thuis te komen. Hij heeft zijn Denali bij de bar achtergelaten!

Nou, duh.

Het ziet ernaar uit dat hij hier moet blijven slapen. Hmm... vreemd.

Ik vind het niet erg. Ik heb er al eerder over nagedacht om hem mee naar huis te nemen. Ik bedoel, ik was honderd en vijf procent zeker van dat hij zou komen als ik het zou vragen. Hij is tenslotte mijn meest toegewijde fan.

Hij kijkt naar me op een manier die me warm en tintelend laat voelen. Hij beschermt me alsof hij mijn persoonlijke lijfwacht is, door zijn lichaam tussen mij en dronken publiek te plaatsen die te dichtbij komen.

Ik word opgewonden om elke week bij Rue's te spelen,

wetende dat de grote getatoeëerde man er zal zijn, dat hij in het publiek zit voor mij. Wetende dat hij zijn ogen niet van me af kan houden.

Ik denk dat de enige reden waarom ik het nooit eerder heb doorgezet, is omdat wat we hebben dan voorbij zou zijn. Het zou een van mijn kortstondige relaties worden, en we zouden nooit meer terug kunnen naar dit. En ik hou eigenlijk van het hebben van een stille lijfwacht-slash-fan die er altijd is.

Want wat als we seks hadden en het zouden haten?

Dan zou hij niet meer komen. Dat zou hem natuurlijk een klootzak maken, maar ik zit in een bubbel waar ik nog steeds kan fantaseren.

Of wat als hij eng zou worden? Ik krijg die vibe niet van hem, maar ik ben niet dom. Het is een mogelijkheid. Op de een of andere manier voel ik me veilig bij hem. Op de een of andere manier voel ik dat hij me nooit zou kwetsen.

Maar voornamelijk wil ik niet dat hij wordt zoals de andere jongens met wie ik aan papte, een paar maanden date en dan dump voordat het serieus wordt. Mijn kleine zusje zegt dat het een veiligheidsmechanisme is. Ik verlaat ze voordat zij mij kunnen verlaten. Ze heeft waarschijnlijk gelijk.

Hoe dan ook, ik weet alleen dat Oleg anders is dan die jongens. Speciaal.

Ik overweeg het nu. Nodig ik hem binnen? Of zeg ik hem bedankt voor de rit en vraag of hij wil dat ik een Uber voor hem bestel?

Op de een of andere manier weet ik dat als ik voor het laatste zou kiezen, hij zou weglopen zonder iets te proberen. Ik bedoel, al die maanden, en hij heeft niet één keer geprobeerd me mee naar huis te nemen of zelfs maar af te spreken. Hij heeft niet om mijn nummer gevraagd of mij de zijne gegeven.

Hij komt gewoon opdagen. Elke week op dezelfde tijd.

Betrouwbaar zoals niemand anders in mijn leven echt is geweest.

En ja, ik weet dat hij niet kan praten om me mee uit te vragen. Annie, de serveerster bij Rue's, had me dat verteld toen hij voor het eerst begon te komen. Ze zei dat hij meestal bestelde door naar iemand anders bier te wijzen. Ik wist niet eens dat hij Russisch was totdat zijn vrienden met hem mee kwamen en ons voorstelden.

En door dat besef weet ik zeker dat hij veilig is. Hij gaat niet iets raar doen. Hij zou weggaan als ik hem zou vertellen weg te gaan. Hij zou me enorm respecteren.

Dat weet ik al omdat ik tijdens mijn optredens als een aap in deze kerel ben geklommen. Het is een van mijn favoriete dingen om te doen. Ik zal met mijn vinger van het podium af wenken, en hij zal opstaan uit zijn stoel en eronder gaan staan, zodat ik een *Dirty Dancing*-sprong in zijn handen kan maken. Of op zijn schouders kruipen of in zijn armen vallen als in een bruid over de drempel draaghouding. Ik kan erop rekenen dat hij me vangt en me dan ronddraait terwijl ik zing. Het is onderdeel geworden van het optreden. De bandleden en mijn fans verwachten het nu. Ik weet dat Oleg me nooit zou laten vallen.

'Kom,' zeg ik tegen hem.

Hij aarzelt en kijkt naar me met zoveel wantrouwen dat ik moet lachen.

'Je moet me naar de deur begeleiden.' Ik klink nog meer dronken dan ik ben.

Ik knipper. Het ene moment is hij vijf meter verderop aan de andere kant van het busje, het volgende moment staat hij bij mijn elleboog, ondersteunt me wanneer ik geen rechte lijn over het trottoir loop.

Ik ontgrendel de deur van het gebouw.

Oleg beweegt niet.

'Je moet me helemaal naar mijn woning begeleiden,' zeg ik hem. 'Wat als iemand me in het trappenhuis zou lastigvallen?'

Zijn wenkbrauwen zakken neer.

Oké, misschien ben ik niet zo nuchter als ik denk. Dat klonk echt stom. 'Je bent mijn lijfwacht,' bevestig ik.

Het is een feit dat hij al weet, aangezien hij zichzelf heeft aangesteld.

We lopen de drie verdiepingen omhoog door het oude herenhuis naar mijn verdieping, en ik schud mijn sleutels om de juiste te vinden. Als ik de deur open, doet Oleg een stap terug. Hij is enorm – brede schouders, brede borst, armen als boomstammen. Zijn donkerbruine haar is kort geknipt, net als zijn baard.

'Wil je binnenkomen?'

Zijn verhitte bruine blik glijdt over mijn lichaam, maar hij schudt zijn hoofd. Ik ben verrast hoe teleurgesteld ik ben door zijn weigering. Ik bedoel, ik dacht dat hij een zekerheidje was. Ik heb dit toch niet verkeerd gelezen?

Ik draai me naar hem toe en leun naar voren, ga op mijn tenen staan om een arm om zijn nek te slaan en kantel mijn gezicht naar het zijne. 'Waarom niet?'

Hij verstijft, zijn grote lichaam wordt star.

Als ik zijn erectie niet tegen mijn buik zou voelen porren, zou ik denken dat hij er niet voor in was. Maar dat is hij wel.

'Waarom houd je je in?' fluister ik. Ik trek zijn hoofd naar beneden en sluit mijn lippen over de zijne, proef hem.

Hij blijft stijf gedurende één seconde.

Twee.

'Alsjeblieft,' vraag ik, hem laten weten dat ik dit wil.

En dan komt hij tot leven. Mijn rug klapt tegen de muur naast mijn deur terwijl Oleg de maanden van opgehoopte aantrekkingskracht tussen ons loslaat. Eén gespierde hand omvat mijn kont, de andere pakt mijn nek, en hij neemt mijn mond in bezit alsof het zijn laatste kans op adem is.

Mijn binnenste wordt direct gloeiend heet. Ik wrijf tegen het been dat hij tussen de mijne heeft gedrukt, en kus hem terug met evenveel zinderende behoefte als hij geeft. Ik voel zijn tong niet, maar ik gebruik de mijne – waarschijnlijk te slordig. Hij kneedt mijn kont en helpt me tegen zijn been te rijden.

Ik steek mijn hand uit om mijn deur te openen en grijp dan een handvol van Olegs zwarte t-shirt – datgene dat strak over zijn brede schouders en gebeitelde borst gespannen zit en probeer hem in mijn appartement te trekken.

Probeer is hier het sleutelwoord.

Want Oleg beweegt niet.

De tinteling tussen mijn benen maakt me rusteloos. 'Kom binnen,' moedig ik aan.

Hij schudt zijn hoofd.

Wat... de F?

'Oleg, kom binnen,' nu zeg ik het meer als een bevel. Ik bedoel, deze man is in mij geïnteresseerd. Hij gaat me geven wat ik nodig heb, toch?

Hij schudt opnieuw zijn hoofd en bootst dan drinken na.

Ach, fuck.

Echt?

'Je wilt me niet aanraken omdat ik gedronken heb?'

Hij knikt.

Hij is zo'n gentleman?

'Dat is... lief.'

Echt, echt lief.

'En irritant. Oleg, je kunt me dit niet aandoen,' redeneer ik, terwijl ik aan zijn shirt trek. 'Die kus heeft me helemaal opgewonden. Je kunt me niet zo behoeftig achterlaten. Dat is niet eerlijk.'

Zijn wenkbrauwen gaan weer naar beneden. Zijn kaak klemt zich op elkaar. Hij veegt zijn onderlip met zijn duim af en zijn ogen zakken naar mijn mond. Ik kan zien dat hij worstelt. De man die me respecteert versus de man die niet wil ontkennen wat ik wil. En er is ook de man die zelf blauwe ballen zal krijgen. Want ik voelde zijn stijve, en die was keihard.

Net als eerder, het moment dat hij zijn beslissing neemt, komt hij in actie. Hij duwt me naar achteren, in mijn eenkamerappartement, sluit dan de deur met een trap en vergrendelt het.

'Ja, Oleg.'

Ik laat mijn tas vallen, gooi mijn jas uit en stort me weer op zijn lippen. We zoenen alsof het een wedstrijd is om te zien wie de ander het eerst kan verslinden. Nog steeds geen tong van hem, echter. Alsof hij daar ook te veel een gentleman voor is. Hij tilt me op, zijn onderarm onder mijn kont, en ik sla mijn benen om zijn dikke stam. Hij draait in een cirkel om zijn oriëntatie goed te krijgen en kiest dan correct de deur naar mijn slaapkamer, waar hij me naartoe brengt en me in het midden van het bed laat vallen.

Het moment dat ik neerval, scheurt hij aan het gat in mijn netkousen – alsof het vernielen ervan een voorbedachte misdaad was – en beweegt dan zijn open mond langs mijn binnendij tot hij de rand van de korte broek bereikt die ik over de netkousen droeg. Daar bijt hij in de stof en trekt, de hitte van zijn adem waaiert over mijn lichaam.

'Gretig, hè?' vraag ik met een lach. Hij gromt als antwoord. Dat geluid... fuck, het maakt mijn kutje vochtig.

Ik haast me om mijn broek los te knopen en duw hem van mijn heupen. Hij neemt het over, trekt hem van mijn middel af, samen met de netkousen.

Ik giechel als hij bij mijn laarzen aankomt.

Hij maakt een ontevreden geluid en rukt aan hun veters. In een paar seconden heb ik ze uit gezwiept, en ben ik naakt vanaf mijn middel.

Oleg pakt beide benen en trekt me het bed op. Hij is een

agressieve minnaar – zo anders dan wat ik me had voorgesteld dat hij zou zijn – maar ik hou ervan. Ik bedoel, ik ga er helemaal in op. Hij bijt en kust mijn kutje maar om een of andere reden onthoudt hij zijn tong. Misschien vindt hij het vies om daar te likken.

In plaats daarvan steekt hij een van zijn grote vingers in zijn wang om hem vochtig te maken en wrijft dan over mijn ingang.

Ik ben al nat door de manier waarop hij me heeft behandeld, en zijn vinger glijdt er zo in.

Ik hou meestal niet van vingeren. Vingers zijn te klein. En niet zacht genoeg. Te knijperig.

Maar Olegs vinger is enorm. Zo groot als de lul van een normale man. En, *oh, hij weet hoe hij het moet gebruiken.* Hij stoot er een paar keer in, duwt dan een tweede naar binnen en begint dan mijn binnenwand te strelen.

Mijn mond valt open van genot als hij wat mijn G-spot moet zijn vindt. Mijn dijen trillen en slaan tegen zijn brede schouders. Hij streelt en cirkelt rond de bundel zenuwen tot ik een beverige puinhoop ben, dan begint hij me hard en snel te vingeren.

'O God,' hijg ik, pak zijn vrije arm alsof ik wanhopig iets nodig heb om me aan vast te houden tijdens deze wilde rit.

Hij reikt onder mijn topje en duwt mijn bh-cup naar beneden. Ik schrik wanneer hij in mijn tepel knijpt – hard. Mijn heupen zwiepen van het bed omhoog als reactie, waardoor zijn vingers er nog dieper in gaan.

Ik schud mijn hoofd heen en weer op het bed, zo dichtbij.

Hij maakt een geluid achter in zijn keel en neukt me sneller. Zijn duim glijdt over mijn clitoris wanneer hij zijn vingers naar binnen pompt, en ik ontplof als een vuurpijl – explodeer in genot en krijg mijn eerste en enige orgasme van vingers alleen.

'O mijn God!' herhaal ik, spieren nog steeds trillend en krampend.

Ik ben sprakeloos.

'Dat was geweldig. Zo lekker.' Ik wrijf over de bobbel van zijn lul in zijn broek. 'Ik ben absoluut klaar. Dat was het beste voorspel van mijn leven.'

Maar Oleg gaat van het bed af en schudt zijn hoofd.

'O mijn God! Echt?' Ik sta op en volg hem in mijn grotendeels naakte toestand. 'Waarom niet? Omdat ik gedronken heb? Ik ben nuchter geworden.' Het voelt gek om te smeken om seks. Niet mijn gebruikelijke scenario. Absoluut niet.

Hij loopt mijn slaapkamer uit naar de woonkeuken. Hij opent de kasten tot hij een glas vindt, dan vult hij het met water en geeft het aan mij.

Ik laat een protesterende kreet horen, maar ik accepteer het omdat het ongelooflijk... lief is. Is deze man echt?

De zoetheid staat zo in contrast met hoe ruw hij in bed was, en ik vind de combinatie bedwelmend. Zoals zeezout met chocolade. Je denkt niet dat ze bij elkaar passen totdat je ze probeert, en dan vraag je je af waarom niet alles naar zeezout-chocolade smaakt. Ik wil meer van Oleg. Alles van hem.

Hij kijkt naar het glas water en tilt dan zijn kin op, vouwt zijn armen over zijn borst.

'Die bazige houding werkt niet bij mij,' vertel ik hem, vechtend tegen een glimlach. Ik wil geërgerd zijn, maar dat kan ik niet. Mijn Russische stalker is elk beetje zo respectvol en beschermend als ik dacht dat hij zou zijn.

Ik drink het hele glas water op en zet het op het aanrecht. Hij trekt een wenkbrauw op alsof hij zegt: 'Zie je wel?'

Ik rol met mijn ogen. 'Zijn we goed? Wil je terug naar de slaapkamer komen?'

Hij schudt zijn hoofd maar beweegt naar me toe. Mijn ledematen worden slap, zijn nabijheid verandert me in gelei.

Maar dan gooit hij me over zijn schouder, slaat op mijn blote kont terwijl hij me terug naar de slaapkamer draagt.

'Oeh!' Ik giechel. 'Sla me, Big Daddy.'

Hij bukt om mijn dekens terug te trekken en legt me dan zo voorzichtig neer dat ik zou willen huilen. Mijn kont tintelt van de tik.

Wie is deze man?

Waarom heb ik hem niet eerder mee naar huis genomen?

Hij trekt de dekens terug en stopt me in, strijkt dan met de achterkant van zijn vingers langs mijn wang, terwijl hij op me neerkijkt met dezelfde intensiteit waarmee hij naar mijn show kijkt. Alsof ik het enige levende wezen in de hele wereld ben. Wanneer ik op het podium sta, voedt het mijn optreden. Maar nu laat het mijn hart sneller kloppen. Het is te intiem. Een beetje angstaanjagend.

Maar dan is het voorbij omdat hij wegloopt. Ik weet dat hij niet kan spreken, maar er is geen knik of zwaai. Hij gaat gewoon weg. Ik hoor de voordeur openen en sluiten. Ik weet zeker, zonder te controleren, dat hij het slot op de deurknop heeft gedraaid voordat hij hem sluit om ervoor te zorgen dat ik veilig ben.

Ik trek de dekens dichter naar me toe en krul me op in mijn kussens. 'Gekke Rus,' fluister ik tegen mezelf, een glimlach op mijn lippen. Mijn hele lichaam gonst van ons intermezzo.

Ik wil meer van hem. Veel meer. Maar ik ben ook al teleurgesteld dat we het zegel op onze relatie hebben verbroken, omdat ik uit ervaring weet dat het niet lang zal duren. Ik ben het type dat niet blijft plakken. Ik ren zodra dingen serieus worden. Ik weet het niet. Ik krijg deze angst in het binnenste van mijn maag. Ik beschouw het als mijn innerlijke begeleiding voor wanneer het tijd is om het uit te maken. Zodat ik niet kapot gemaakt wordt door de liefde zoals mijn moeder dat altijd was.

En nog steeds is.

Dit dingetje zal binnen enkele weken voorbij zijn, zoals al mijn relaties, en dan zal het voorbij zijn. En dan zal ik nooit meer kunnen terugkeren naar het plezier van naar een optreden gaan waar Oleg naar me zal kijken. Baden in de hitte van zijn blik op mij de hele nacht.

Wetende dat er ten minste één persoon in het publiek is die gek op me is.

Nou ja. Het was leuk zolang het duurde.

HOOFDSTUK 2

Oleg

Ik heb geen mogelijkheid om thuis te komen. Ik zou een van de jongens in mijn cel kunnen sms'en, maar het is bijna vier uur 's ochtends.

Ik zou een rit-delen app kunnen gebruiken, maar dat zou betekenen dat ik met iemand anders moet omgaan. Iets waar ik een hekel aan heb. Ik besluit te lopen. Het is maar een paar kilometer. Het is ijskoud buiten, maar ik kom uit Rusland. Kou deert me niet, vooral niet wanneer ik de temperatuur kan gebruiken om af te koelen na wat er net is gebeurd.

Story's vanille-zoete geur hangt nog steeds aan mijn shirt.

Ik rits mijn leren jas dicht en steek mijn handen in mijn zakken. Mijn gedachten zijn nog steeds gevuld met beelden van Story die klaarkomt in mijn handen. Het was het mooiste wat ik ooit heb gezien. Net als die eerste hit van een drug ben ik nu volledig verslaafd. Ik weet niet hoe ik een hele week moet wachten om haar weer te zien. Hoe ik genoegen moet nemen met alleen kijken nu ik haar heb aangeraakt.

Maar ik ben niet dom genoeg om te denken dat ik Story kan hebben.

Story kan behouden.

Ik ben een man met een zeer gevaarlijk verleden. Een verleden dat me op elk moment kan inhalen. Een verleden dat de mensen om wie ik ben gaan geven - mijn bratva-broeders - zou kwetsen en waarschijnlijk het einde van mijn leven zal betekenen.

Ik ben niet veilig voor Story, zelfs als ik het geluk zou hebben dat ze iemand zou willen die zo gebroken is als ik.

Ik laat de herinneringen teruggaan naar het moment dat ik met haar in de bus stapte, en wil elke minuut dat we samen waren opnieuw beleven. De uitspatting komt me duur te staan.

Heel erg duur.

Want ik merk niemand anders om me heen op.

Pijn explodeert aan de achterkant van mijn hoofd als ik van achteren wordt neergeknuppeld. Er wordt een zak over mijn gezicht getrokken terwijl ik voorover val en zwaar op één knie terechtkom. Ik probeer hem eraf te trekken om mijn aanvallers te zien, maar de klap tegen mijn schedel desoriënteert me en ik val op mijn zij voordat ik hem weg kan rukken.

Het koude metaal van een pistool drukt tegen mijn slaap. 'Niet bewegen.' De woorden zijn Russisch.

Blyad!

Ze hebben me gevonden.

Ik wist altijd al dat deze dag zou komen. Ik wist het, maar dat het juist vanavond gebeurt - de nacht waarin ik mijn kleine *lastochka* zag klaarkomen - maakt het een extra marteling. De nacht waarin ik een brandende reden krijg om te leven.

'Sta op,' raspt een andere stem.

'Wil je dat hij niet beweegt of dat hij opstaat?' betwist een derde stem. 'Hij ziet er niet zo slim uit. Waarom verwar je de kerel?'

Ja, elke *mudak* denkt dat hij een komediant is.

Verschillende gedachten komen samen in mijn brein. Als ze me dood wilden - als ze voor Skal'pel' werkten - zou ik al dood zijn. Dat betekent dus dat deze idioten voor iemand werken die achter Skal'pel' aan zit. Iemand die wil wat er in mijn hoofd zit. Wat betekent dat ze orders hebben om me levend te pakken.

Door de klap op mijn schedel kan ik me moeilijk concentreren, maar ik ben een grote kerel. Ik kan nog steeds mijn gewicht gebruiken. Ik sta op en gooi mezelf achterwaarts tegen de man die het pistool vasthoudt. Zoals ik al voorspelde, schiet hij niet.

Ik gooi hem op zijn rug, mijn gewicht landt precies in zijn middel. Zijn pistoolarm spreidt zich uit naar de zijkant, maar het lukt me niet om het pistool te grijpen voordat het buiten bereik op de grond klettert.

Ik trek de kap van mijn hoofd en draai me om om hem in het gezicht te slaan zodat hij zeker blijft liggen en ga dan voor het pistool. Te laat - het is al opgepakt door *Mudak #2*.

'Schiet hem in zijn knieschijf!' stelt *Mudak #3* - de komediant - voor. Deze kerels zouden het nergens redden in de cel van Ravil. Ze missen de organisatie en discipline van bratva. En intelligentie.

Mudak #2 probeert me verdomme wel in mijn knie te schieten. Mijn vuist raakt zijn keel op hetzelfde moment dat hij de trekker overhaalt. De kogel schampt mijn been. Althans, ik hoop dat het maar een schampschot is. Ik voel een brandende pijn langs mijn hele dijbeen.

Het pistool klettert op de grond.

De lichten gaan aan in de ramen van de gebouwen om ons heen. Iemand schreeuwt naar beneden dat hij de politie heeft gebeld.

'Wat doe je in godsnaam?' *Mudak #1* is weer bij bewustzijn. 'Je mag hem niet neerschieten.'

Ik probeer nog steeds bij het pistool te komen - een fout - als ik een scherpe steek in mijn nek voel.

Een verdomde naald!

Ze hebben me verdoofd. Ik moet snel handelen. Ik draai me om en geef *Mudak #1* een klap tegen zijn slaap. Hij wankelt, en ik sla hem met mijn linkervuist in zijn mond, dan op zijn neus met mijn rechter, dan weer op zijn kaak met mijn linker, en hij gaat neer.

De wereld begint al te draaien. Ik kan niet zeggen of het komt door het hoofdletsel of de drugs of beide. Ik moet wegkomen voordat ik bewusteloos raak.

Ik vergeet het pistool en mijn ambities om deze gasten uit te schakelen. De politie is onderweg, en er kijken nu een paar dozijn getuigen door hun ramen. De twee klootzakken die nog overeind staan, proberen me tegelijkertijd tegen de grond te worstelen, wat mij het voordeel geeft. Ik haak mijn hand om de keel van een van hen en draai hem rond om zijn hoofd tegen dat van de andere gast te laten knallen. Nog vier klappen, en ze liggen op de stoep.

Mijn zicht vervaagt aan de randen. Ik strompel, ik loop mank in de richting van Story's gebouw. Ik ga het niet halen. Ik moet gewoon een plek vinden om me te verstoppen voordat ik buiten bewustzijn raak. Voordat de politie arriveert.

Zijn dat sirenes?

Mijn zicht heeft strepen. Ik kan niet focussen. Ik struikel en val tegen iets aan. Een auto.

Nee, een busje.

Verdomme, het is het busje. Zou het Story's busje kunnen zijn?

Ik friemel aan de achterdeur, maar mijn vingers werken niet.

Of misschien komt het omdat hij op slot zit.

Nee, mijn vingers werken nu. De deur gaat open. Ik was

een idioot dat ik niet had gecontroleerd of hij op slot zat toen we hier aankwamen. Het busje zit vol met versterkers en luidsprekers. De geluidsinstallatie. Story's gitaar. Ik weet niet eens hoe het mogelijk is dat ik het busje heb gevonden.

Het is een wonder dat het niet op slot is. Er is geen ruimte - vooral niet voor een grote jongen zoals ik, maar ik klim toch naar binnen.

Ik weet niet zeker of ik helemaal naar binnen kom. Ik krijg de deur in ieder geval niet dicht. Ik raak bewusteloos, met mijn gezicht naar beneden over de luidsprekers, mijn hoofd barst van de pijn.

◈

STORY

Ik droom dat ik op het podium sta bij Rue's. Oleg kijkt naar me vanaf zijn gebruikelijke tafel voor het podium. Ik treed op voor iedereen, maar zijn aandacht is de brandstof achter mijn act. Hij geeft me de moed om gek te doen - groots te gaan. Ik voel me meer mezelf onder zijn waakzame blik. Het geluid van de menigte vervaagt en ik kom tot leven. Ik kan meer mezelf zijn.

Alleen deze keer gebeurt er iets. Een stel meiden komt het podium op en leidt mijn broer af in het midden van de set. Ik ben pissig op hem omdat hij zo'n vrouwenverslinder is en omdat hij zijn versiergedrag in de weg van de band laat komen. Ik ben boos genoeg om de microfoon terug op de standaard te duwen en iedereen de middelvinger te geven.

Het publiek wordt gek en schreeuwt dat ik door moet gaan. Of misschien schreeuwen ze tegen Flynn, ik kan het niet zeggen. Het maakt me allemaal pissig.

En dan staat Oleg daar voor het podium. Hij heft zijn armen omhoog en ik spring in het vertrouwen dat hij me zal vangen. Zijn grote handen omspannen mijn middel, en hij tilt me gemakkelijk naar beneden, dan neemt hij mijn gitaar van me over, gooit me over zijn schouder en geeft me een klap op mijn billen terwijl hij naar buiten loopt.

Ik word wakker met een ondeugende glimlach op mijn lippen.

Oleg deed dat. Gisteravond.

Hij gooide me over zijn schouder en gaf een klap op mijn billen. En stopte me toen in bed.

Waarom maakt die herinnering me nu nog natter dan het orgasme dat hij me gaf? Er was ook de manier waarop hij me tegen de deur duwde en mijn kutje betastte alsof hij het bezat.

Oleg heeft een dominante kant. Mijn grote man is ook in bed groter dan het leven. Misschien is het zijn manier van spreken. Als je me gisteren had gevraagd wat ik leuk vind, had ik dat in geen miljoen jaar kunnen noemen. Ik date muzikanten. Artiesten. Zachte, gearticuleerde jongens die wiet roken en filosoferen over het milieu en sociale rechtvaardigheid. Dingen waar ik ook om geef.

Ik date jongens die zoals ikzelf zijn. Of zoals mijn jongere, niet zo kleine broer. Het is een bekend type. Jongens die bij me lijken te passen. Bij mijn vrienden. Bij mijn bohemien levensstijl.

Niet jongens zoals Oleg. Nooit reusachtige, getatoeëerde, Russische mannen met ridderlijke, maar extreem dominante manieren.

Maar ik *hield* verdomme van de manier waarop hij me aanraakte.

Ik schaam me dat ik heb geprobeerd hem zo ver te krijgen seks met me te hebben en ben geïrriteerd dat hij weigerde.

En ik ben ook een beetje boos dat hij zijn nummer niet heeft achtergelaten of het mijne heeft gevraagd.

Maar hij zal er volgende week zijn.

Ik weet het met zekerheid. Hij is er elke week geweest het afgelopen jaar. En hij komt voor mij.

En al deze gedachten over Oleg nemen mijn droevigste gedachte nog steeds niet weg - nu we eenmaal deze weg zijn ingeslagen, zijn we op weg naar het einde. Want zo gaan de dingen voor mij. Ik doe niet aan langdurige relaties. Ik vertrouw niet graag op mensen omdat ik uit ervaring heb geleerd dat ze me altijd teleurstellen. Mijn ouders hielden van me - zielsveel - maar ik kon er absoluut niet op rekenen dat een van hen er voor me zou zijn als ik ze nodig had. Mijn moeder was altijd een puinhoop, en mijn vader werd vaak meegevoerd door feesten en vrouwen - net als Flynn nu.

Ik stap uit bed, blij om te ontdekken dat ik niet in het minst een kater heb.

Ik zou moeten douchen en ontbijten, maar het enige wat ik wil doen is mijn gitaar pakken. Oleg heeft mijn muze gekieteld, en ik moet spelen. Misschien eindelijk eens componeren. Het is achttien maanden geleden dat ik een origineel nummer heb geschreven.

Ik trek een pyjamabroek aan en laarzen en gooi een jas over het topje dat ik nog steeds draag van gisteravond. De sleutels van het busje van de band liggen vlak bij de deur omdat Oleg een verdomde prins is.

Ik laat mijn deur van het slot en draaf de trap af en door de voordeur naar buiten.

De ochtendlucht in Maart is ijskoud, en ik trek mijn jas dicht terwijl ik rondkijk naar het busje. Ik vind het een halve straat verderop. Als ik er echter bij kom, snak ik naar adem. Mijn hart begint te bonzen door een golf van adrenaline.

O God.

Fuck, fuck, fuck.

Een of andere klootzak heeft in het busje ingebroken. De achterklep staat op een kier! Al onze geluidsapparatuur zat daarin. En mijn gitaar! Flynn zal doordraaien. Ik word gek.

Ik krimp ineen en zwaai de deur open.

En snak een tweede keer naar adem.

'Oleg?'

O mijn God. Oleg ligt met zijn gezicht naar beneden over de apparatuur. Een van zijn broekspijpen is doordrenkt met bloed. Godverdomme - is hij dood?

Ik raak zijn enkel aan en voel zijn koude huid. Jezus Christus, hij had gisteravond kunnen doodvriezen.

Is dat gebeurd?

Ik stort mezelf naar binnen en trek aan zijn massieve lichaam, trek aan zijn arm en probeer hem te verplaatsen.

Hij beweegt.

'O, Godzijdank. Ik dacht dat je dood was. Oleg?'

Hij tilt zijn hoofd nauwelijks op en kreunt. Ik weet niet zeker of hij me zelfs maar herkent.

'O mijn God. Wat is er met je gebeurd? Ik moet je naar een ziekenhuis brengen.'

Dat lijkt hem wakker te schudden, want onmiddellijk komt hij overeind en stoot zijn hoofd tegen de bovenkant van het busje. Hij kreunt en laat zijn hoofd in beide handen zakken, zittend op een luidspreker.

'Kom, ik rij je naar een ziekenhuis.'

Hij gromt deze keer en schudt zijn hoofd, *nee*.

'Nee? Je wilt niet gaan?'

Een zeer nadrukkelijke nee, want zijn bloeddoorlopen ogen ontmoeten de mijne en houden vast. Ik bedoel, het kon niet duidelijker zijn. Hij wil niet naar een ziekenhuis.

'Waarom niet? Ben je... illegaal? Ben je bang om gedeporteerd te worden?'

Hij schudt opnieuw zijn hoofd en strompelt naar voren, struikelend uit het busje. Hij zakt door één knie en valt dan op zijn schouder in pijn.

'Oleg, je bloedt. Ik weet niet hoeveel je al hebt verloren. Ik moet hulp voor je halen.'

Nee.

Ik zweer dat ik het woord bijna in mijn hoofd kan horen, zo luid projecteert hij het. Hij worstelt zich terug op zijn voeten, schuddend met zijn hoofd.

Tranen van frustratie prikken in mijn ogen. Ik ben niet het type dat zomaar iemands wensen negeert, maar ik ben ook niet zeker of hij op dit moment in staat is een verstandige beslissing te nemen. 'Wat is er met je gebeurd?' vraag ik opnieuw, wat stom is omdat ik weet dat hij niet kan spreken.

Ik kom tot de enige andere optie die logisch is. 'Je moet naar binnen komen. Kun je het redden?'

Hij stapt naar voren, maar zijn been begeeft het. Zijn gezicht vertrekt duidelijk in pijn. Hij kijkt naar de met bloed doordrenkte stof alsof hij verrast is.

Dan scant hij de omgeving, hoewel ik niet zeker weet of hij zelfs kan focussen.

Ik sla de deuren van het busje dicht en doe ze op slot, druk mezelf dan tegen zijn zijkant, trek zijn arm om mijn schouders, zodat ik hem kan ondersteunen. 'Laten we gaan. We brengen je naar mijn huis, oké?'

Hij staat me toe hem het gebouw in te leiden.

Het duurt een eeuwigheid om hem de drie verdiepingen op te krijgen. Ik ben de hele tijd bijna in tranen omdat hij veel pijn heeft, een kleine kreun ontsnapt hem bij elke harde stoot. Gelukkig kiest geen van mijn buren deze tijd om de trap op of af te gaan, want ik zou het moeilijk kunnen uitleggen. En op de een of andere manier heb ik het gevoel dat wat er ook met Oleg is gebeurd, hij niet wil dat de autoriteiten het weten.

Als we bij de laatste trap aankomen, valt Oleg met zijn gezicht tegen de muur als hij zijn evenwicht verliest.

Ik roep het uit voor hem en grijp zijn arm stevig vast. 'Oleg, je kunt het. We zijn er bijna. Dit is mijn verdieping. Nog een paar treden.'

Hij strompelt op, en ik duw de deur open.

'Kom hier.' Ik breng hem naar de badkamer. 'Ik moet je schoonmaken.'

Hij leunt tegen de deur alsof hij zwak is. Nee - alsof hij duizelig is.

'Ben je op je hoofd geslagen?'

Hij reikt met zijn hand naar achter zijn hoofd en vertrekt zijn gezicht als zijn vingers het aanraken.

'Oleg,' kreun ik. Deze keer vloeien de tranen.

Olegs hoofd schiet omhoog als ik snotter en paniek trekt over zijn gezichtsuitdrukking. Hij reikt zich uit, zijn duim veegt ruw een traan van mijn wang.

'Nee - het is oké. Ik huil alleen voor jou. Ik weet niet wat er is gebeurd, en ik ben bang voor je. En ik vind het erg dat je pijn hebt.'

Olegs wenkbrauwen fronsen. Hij ademt zwaar van de klim naar boven. Hij pakt mijn gezicht in beide handen en brengt zijn voorhoofd naar het mijne. We hijgen samen, onze adem vermengt zich. Zijn huid is koud tegen de mijne. God, hij moet inmiddels wel onderkoeling hebben!

Na een moment, nadat zijn ademhaling vertraagt, drukt hij zijn lippen op mijn voorhoofd.

Ik knipper snel, nog steeds vechtend tegen de drang om te huilen. 'Laten we je uit deze bebloede spijkerbroek krijgen.' Ik maak zijn spijkerbroek los en trek de rits naar beneden.

Hij leunt met zijn heup tegen het badkamerkastje - ik gok omdat hij niet zelf kan staan - en laat me ze naar beneden trekken. Hij sist niet en deinst niet terug wanneer ik bij zijn wond kom, maar ik weet zeker dat het pijn doet.

Een stuk vlees lijkt te ontbreken. Er zit een gat in zijn spijkerbroek erboven. 'Wat heeft dit veroorzaakt? Een kogel?'

Oleg bevestigt het niet met een knik of schudden, maar ik

ben er zeker van dat ik gelijk heb. Niet dat ik eerder een kogelwond heb gezien, maar dit moet het zijn.

'Ik denk dat je geluk hebt gehad,' vertel ik hem. Ik denk niet dat de kogel iets heeft geraakt. Ik betwijfel of hij nog in hem zit. Het lijkt alsof het gewoon de zijkant van zijn been heeft geraakt.

Zijn spijkerbroek is plakkerig en stijf van het bloed, wat het moeilijker maakt om ze uit te trekken, maar het lukt me om ze tot aan zijn voeten te krijgen, dan help ik hem met zijn laarzen zodat ik ze helemaal kan uitdoen.

'Uhm, ik denk aan een bad om het bloed eraf te wassen en je op te warmen.' Ik kijk naar de wond. Misschien is dat een slecht idee. 'Of klinkt dat verschrikkelijk?'

Hij doet zijn jas en shirt uit, wat ik opvat als een teken dat hij ermee instemt.

Ik zet warm water aan en stop de afvoer, help hem dan zijn shirt uit te doen.

Zijn borst is prachtig - een stevige gespierde, bedekt met haar en tatoeages. Ze kruipen omhoog tot in zijn nek en helemaal langs zijn armen. Het zijn een soort markeringen. Een roos op zijn borst. Een handboeien om één pols. Een dolk met druppels bloed. Als ik niet met totale zekerheid zou weten dat Oleg veilig voor me is, zou ik zijn uiterlijk intimiderend vinden. Ik stel me voor dat dat is waar hij voor gaat.

Ik wil de lijnen van elk van hen traceren en uitvinden wat ze betekenen, maar dit is niet het moment. Ik haak mijn duimen in de tailleband van zijn boxers en trek ze naar de vloer.

Olegs penis wordt langer voor mijn ogen, en ik probeer het te negeren. Het is een mooie erectie, maar dit is zo niet het juiste moment.

Ik pak zijn grote arm om hem naar het bad te helpen. Hij stapt voorzichtig in het water, gooit een hand uit om de muur te pakken, alsof hij weer duizelig werd, en zinkt dan langzaam in het water met een kreun.

'Oleg,' fluister ik gebroken.

Ik zou nooit een verpleegster kunnen zijn. Het maakt me kapot om hem zo beschadigd te zien. Ik voel me duizelig en zweverig alleen al door te zien hoe hij ermee omgaat. Alsof mijn lichaam zijn pijn ervaart.

Hij leunt met zijn hoofd tegen de tegels en sluit zijn ogen. Ik weet niet zeker of hij bewusteloos is geraakt of niet. Of ik hem wakker moet maken. Zeggen ze niet bij hersenschuddingen dat je de persoon wakker moet houden? Natuurlijk vond ik hem bewusteloos in het busje, dus die trein is waarschijnlijk al vertrokken.

Het water wordt oranje-roze van het bloed. Ik pak een washandje om zijn been schoon te maken, veeg voorzichtig rond de wond, maar vermijd het aanraken ervan. Ik zal er alcohol op gieten als hij eruit komt.

Ik zit op mijn knieën naast het bad, helemaal verdiept in het bedenken wat ik voor hem moet doen als zijn hand op mijn rug rust. Ik kijk op en vind zijn oogleden een fractie geopend. Hij aait over mijn heup.

Hij troost me. Of misschien bedankt hij me. Het is moeilijk om zeker te zijn - de energie is hetzelfde.

'Het spijt me dat je dit is overkomen,' zeg ik, mijn stem wordt ruw aan het eind. 'Ik hoop dat het niet was omdat je me naar huis reed.'

Hij schudt zijn hoofd, en zijn vingers knijpen in mijn zij.

'Weet je wie dit bij je heeft gedaan?'

Zijn blik verschuift naar de tegelwand. Hij negeert mijn vraag. Ik heb het gevoel dat hij dat vaak doet. Stom zijn laat hem uit gesprekken stappen.

Een luid geratel vanaf de vloer doet me schrikken. Het is Olegs telefoon. Zijn gezicht slaat alarm. Ik grijp ernaar, denkend dat het belangrijk zou kunnen zijn, en vind hem in zijn jeanszak.

Het scherm toont iets in Russische letters. 'Wil je opnemen?'

Hij grist de telefoon uit mijn hand, en ik denk dat het belangrijk moet zijn, maar dan verbrijzelt hij de telefoon tegen de rand van het bad, drie keer, tot hij in tientallen stukjes uiteenvalt.

Mijn mond valt open, en ik deins achteruit bij de plotse gewelddadigheid van de beweging.

Oleg merkt het op en houdt zijn handen omhoog, alsof hij wil laten zien dat hij geen bedreiging vormt voor mij.

'Jezus,' fluister ik, nog steeds geschokt. 'Wat is er aan de hand?'

Hij pakt mijn hand en brengt die naar zijn lippen, zachtjes mijn vingers kussend voordat hij hem loslaat. Dat is een dankjewel. Of misschien een verontschuldiging. Hij laat me zien dat er geen geweld naar mij toe zal zijn.

Ik trek zijn hand naar mijn eigen mond en beantwoord het gebaar. 'Ik ga wat ibuprofen voor je halen, oké? Ben je oké hier?'

Hij knikt.

Ik doe een snelle veiligheidscontrole en besluit dat hij te groot is om in het bad te verdrinken, zelfs als hij bewusteloos raakt terwijl ik weg ben, en dan loop ik weg.

Als ik terugkom, breng ik een glas bosbessensap mee dat ik in de koelkast had, omdat ik denk dat hij waarschijnlijk niets in zijn maag heeft gehad sinds het bier dat hij gister-avond dronk.

Hij lijkt weer bewusteloos te zijn.

'Oleg?'

Hij reageert niet. Zijn hoofd hangt opzij alsof hij knock-out is.

Ik zet het sap en de ibuprofen op het badkamerkastje,

mijn hart slaat weer sneller. 'Oleg? Ben je oké?' Ik leg één hand op zijn schouder, de andere omvat zijn gezicht en tilt het rechtop.

Hij maakt een geluid, maar het lijkt hem veel moeite te kosten om zijn ogen te openen. Wanneer hij dat doet, duurt het even voordat hij zich op mijn gezicht kan concentreren.

Ik controleer de achterkant van zijn hoofd, waar hij eerder wreef. Hij heeft geen enorme bult, maar er is een vijf centimeter lange snee, alsof wat hem raakte zo hard sloeg dat het de huid bij de impact spleet. Ik meen gehoord te hebben dat je bij hersenschuddingen een flinke bult wilt hebben. Het ontbreken van een bult is meer een probleem.

Ik vind het niet fijn dat hij geen grotere bult heeft. Ik maak een aantekening om het te googelen en hem ook een ijszak te brengen voor zijn hoofd. En alcohol.

'Hier, kun je deze ibuprofen nemen?' Ik houd mijn hand voor zijn mond om ze erin te laten vallen.

Hij beweegt niet.

'Open,' beveel ik.

Hij beweegt nog steeds niet.

'Het is gewoon ibuprofen, kijk?' Ik open mijn handpalm om hem de drie pillen te laten zien. 'Ik heb Tylenol als je dat liever hebt.'

Hij opent zijn lippen een klein beetje. Niet genoeg voor mij om de pillen erin te kunnen laten vallen.

'Verder open, Oleg.'

Zijn kaak opent iets verder en de shock flitst door mijn lichaam als een blikseminslag. Ik begrijp ineens waarom hij zijn mond niet wilde openen, en ik wil huilen als een baby.

Oleg mist zijn tong.

O God.

Een deel van zijn tong. Het lijkt alsof iemand hem doormidden heeft gesneden. *Daarom* kan hij niet praten.

Ik kan met moeite mijn schok verbergen. Ik kan niet op

mijn knieën vallen en om hem huilen. Maar ik onderdruk mijn snik en laat de pillen in zijn mond vallen en geef hem dan het sapglas. Hij druppelt water op de vloer als hij zijn hand optilt om het glas te pakken en de hele inhoud naar binnen slikt.

'Wil je meer? Of iets te eten?'

Hij schudt zijn hoofd. Zijn ogen zijn al gesloten.

'Hé, laat me je eruit halen voordat je weer bewusteloos raakt. Ik vind het geen prettig idee dat je in koud water ligt.'

Zijn ogen gaan een beetje open, maar hij beweegt niet. Ik stroop mijn mouw op en steek mijn hand in het water, reikend naar de stop.

Zijn kont zit in de weg. Ik glijd mijn handpalm rond de curve. 'Ga opzij.'

Hij kreunt als hij beweegt, en ik trek de stop eruit.

'Oké, nu maak ik me echt zorgen over hoe we je eruit krijgen. Zeg alsjeblieft dat je kunt opstaan?'

Hij leunt met zijn hoofd tegen de muur en sluit zijn ogen.

'Oleg. Kun je uit het bad komen?'

Hij knikt zonder zijn ogen te openen.

'Het spijt me. Ik wil je alleen in mijn bed krijgen voordat je weer bewusteloos raakt. Oké?'

Nog een knikje.

Nog steeds geen open oogleden.

'Alsjeblieft?'

Water spat als hij abrupt beweegt. Het is alsof hij al zijn kracht verzamelde voor de beweging. Hij komt lomp overeind, grijpt met zijn hand weer naar de muur.

Ik schuif de badmat naar de plek waar zijn voet zal landen als hij uitstapt en spring dan naast hem, zodat hij op me kan leunen als hij dat nodig heeft.

Hij stapt eruit zonder om te vallen, Godzijdank. Ik pak een handdoek van het rek. 'Wacht even een seconde.' Ik droog hem haastig af, zorg ervoor dat ik hem niet uit balans breng. Hij houdt de muur vast, met een stoïcijns masker als gezichtsuitdrukking. Ik doe een halfbakken klusje, maar het is beter dan dat hij het bed nat maakt. Ik wikkel de handdoek om zijn middel en sla dan mijn arm stevig achter zijn rug. 'Oké, laten we je naar mijn slaapkamer brengen.'

Ik krijg hem erin en val met hem op het bed, probeer hem in bed te krijgen. Hij rolt op zijn zij en kreunt. Ik krul me op, tegenover hem, starend naar zijn pijnlijke gezichtsuitdrukking, niet bereid om hem te verlaten.

Hij kijkt naar mij terwijl ik naar hem kijk. De tijd rekt zich uit. Staat stil. Ik weet niet hoe lang ik daar blijf. Lang nadat zijn ogen zich sluiten, en hij bewusteloos raakt. Ik krul mijn hand in de zijne, houd zijn vingers vast, wensend dat ik wist wat ik moest doen.

HOOFDSTUK 3

Oleg

Ik word wakker zonder te weten hoe lang ik buiten bewustzijn ben geweest. Ik duw de dekens van me af en probeer overeind te komen. Ik wacht tot de kamer stopt met draaien en mijn maag niet meer omhoog komt voordat ik me concentreer en rondkijk. Ik ben naakt, maar er zit een gaasverband over mijn been wond geplakt en mijn kleren zijn netjes opgevouwen op een stoel gelegd. Story moet op een bepaald moment mijn wond verzorgd hebben en mijn kleren gewassen hebben. Ik trek mijn t-shirt aan, waarbij ik bijna van pijn op de grond val als de halsopening over de blauwe plek op mijn hoofd gaat. Ik neem rustig de tijd om mijn boxershort aan te trekken, omdat ik mezelf nog niet vertrouw om te staan.

Ik vermoed dat ik minstens vierentwintig uur buiten bewustzijn ben geweest, aangezien ik 's nachts wakker werd, en het nu weer licht is. En het was ochtend toen Story me vond. Denk ik.

Story. Ze is in en uit de kamer geweest, heeft me meer ibuprofen en sap gebracht. Ik heb een vage herinnering dat ze 's nachts naast me lag, maar dat kan ook gewoon een fantasie zijn geweest. Elke keer dat ik wakker werd, pompte de gebruikelijke adrenaline door mijn aderen, mijn normale opwinding van het bestaan draaide op volle toeren, maar toen herinnerde ik me waar ik was - niet in de gevangenis, niet in mijn eigen kamer, maar in Story's appartement, en het luidruchtigste deel in me werd stil.

In de buurt zijn van mijn kleine *lastochka* - mijn zwaluw - verzacht een leven van strijd.

Ik weet dat het niet lang zal duren. Ik weet dat ik hier niet voor altijd kan blijven. Ik moet uitzoeken wie het op mij gemunt heeft en wat ze willen. Ze elimineren.

Ik heb mijn telefoon kapot geslagen omdat ik dacht dat ze er misschien een tracker in hadden gezet, hoewel ik in mijn helderdere momenten besef dat ze niet zo geavanceerd zijn. Ze zijn niet zoals de bratva-cel van mijn *pakhan* Ravil. Ik betwijfel sterk of ze iemand zoals Dima hebben die alles kan hacken. Of een Fixer zoals Maxim. Ze leken niet georganiseerd of high tech.

Het zijn idiote criminelen die onvoorbereid waren op de klus die ze moesten klaren.

Ik ben niet zo dom om te denken dat wie hen ook gestuurd heeft, zijn fout de volgende keer niet zal corrigeren. En dat brengt een scherpe realisatie met zich mee.

Die gasten wachtten op me. Wat betekent dat ze misschien weten waar Story woont.

Nee... misschien niet. Ze zouden buiten de deur hebben staan wachten.

De bestelwagen.

Ze moeten de bestelwagen hebben gevolgd. Mijn brein is zo verdomd wazig dat het moeilijk om dit allemaal te beredeneren. Misschien raakten ze achterop in het verkeer, maar zagen ze hem weer nadat ik geparkeerd had?

Dat moet het zijn.

Ik spring van het bed af, een hese kreet ontsnapt aan mijn keel. Fuck. Ik haat het als ik geluid maak.

Story komt aanrennen vanuit haar kleine woonkamer en komt me bij de deuropening van de slaapkamer tegen. Ze is blootsvoets en ziet er prachtig uit in een legging en een lange, poederroze trui die van één schouder afglijdt, waardoor haar bleke huid en delicate sleutelbeenderen zichtbaar worden. Ze draagt niet haar gebruikelijke zware eyeliner en podium-make-up, en ze is nog aantrekkelijker met een fris gezicht.

'Wat is er? Gaat het wel?'

Ik kijk wild om me heen op zoek naar de sleutels van de bestelwagen. Bij elke draai van mijn hoofd begint het appartement te tollen. Het bonzen in mijn schedel maakt dat ik hem van mijn nek wil hakken. Ik zie haar handtas bij de deur en wijs ernaar.

Story kijkt over haar schouder, zoekend. 'Wat is er?'

Ik strompel langs haar, struikelend als de vloer golft en mijn voeten van het oppervlak lijken te glijden. Ik grijp me vast aan de bank en ga verder. Als ik bij haar handtas kom, graai ik erin, opgelucht als ik de sleutels vind. Ik houd ze omhoog en wijs naar buiten.

'Wil je dat ik je ergens heen breng?'

Blyad!

Ik schud mijn hoofd.

'Wil je zelf rijden?' vraagt ze twijfelachtig.

Ik knik. Ik moet die bestelwagen verplaatsen. Maar het bewegen van mijn hoofd zorgt voor een golf van misselijkheid die in mijn keel omhoog komt. Geweldig. Ik ben duizelig en nu moet ik ook nog overgeven.

'Hier!' Story rent weg en pakt een notitieboek en een pen, en brengt ze naar me terug.

Fuck.

'Schrijf het op,' moedigt ze aan.

Ik haat mezelf omdat ik nooit de moeite heb genomen om het Romeinse alfabet te leren. Ravil eist dat zijn mannen alleen Engels spreken in het penthouse. Hij wil dat iedereen in zijn cel het perfect spreekt, om er zeker van te zijn dat we ons aanpassen en discriminatie vermijden. Dus ik begrijp het volledig. Maar ik was natuurlijk vrijgesteld van het spreken ervan, dus ik stelde mezelf ook vrij van het leren schrijven ervan. Domme, domme fout.

Gefrustreerd grijp ik de pen en schrijf in het Russisch: 'Verplaats de bestelwagen.'

Ze staart naar de woorden. 'Shit. Je schrijft niet in het Engels.'

Ik schud mijn hoofd. Als ik mijn telefoon niet kapot had gemaakt, had ik nu een vertaal-app kunnen vinden om ons te helpen, maar ik heb dat al verpest.

'Fuck!'

Ik pak de pen en teken een verschrikkelijke weergave van de bestelwagen en de straat buiten. Dan teken ik nog een paar straten. Ik trek met de pen een lijn van de bestelwagen de straat af en een paar blokken verder en maak dan een X.

'Je wilt de bestelwagen verplaatsen.'

Opluchting stroomt door me heen. *Gospodi*, hoe heeft ze dat zelf uitgevogeld? Ik zweer dat het meisje mijn gedachten kan lezen. Ze is magisch.

Ik pak haar bij beide schouders vast om te laten zien hoe belangrijk het is en knik.

'Begrepen.' Ze pakt de sleutels van me af en neemt haar jas van het rek bij de deur.

Ik grijp haar arm en schud mijn hoofd, wijzend naar mijn borst. Ik kan haar de bestelwagen niet laten verplaatsen. Wat als er iemand buiten is?

'Jij gaat nergens heen, je kunt nauwelijks staan,' zegt ze tegen me. 'Ik ben zo terug. Laat me je naar de bank helpen.'

Verdomme. Ik kan haar dit niet voor me laten doen. Ik

reik naar de sleutels, maar ze springt buiten mijn bereik, en de kamer draait om me heen.

'Oké, ik ga nu voordat je jezelf doodt in een poging me tegen te houden. Ben zo terug.'

Ik kreun en loop naar het raam om naar buiten te kijken. Ik ben opgelucht als ze veilig bij de bestelwagen aankomt en wegrijdt.

Pas dan vind ik mijn weg naar de bank waar ik in elkaar zak en de misselijkheid inadem. De bank is oud maar comfortabel. Story's plek is mooi. Niet fancy maar erg comfortabel. Het is een oud gebouw. De plafonds zijn hoog met ouderwetse lijsten, en de vloeren zijn van eikenhout. Ze kunnen wel een opknapbeurt gebruiken, maar ze zijn mooi verouderd. Er hangt echte kunst aan de muren. Geen dure bij elkaar passende kunst, maar een willekeurige verzameling schilderijen, ingelijste foto's en gedichten. Alsof ze in een wereld van kunstenaars leeft die allemaal iets aan haar plek hebben bijgedragen.

Story keert vijftien minuten later terug en gooit haar tas en jas op het rek bij de deur. 'Klaar. Wil je iets eten?'

Ik schud mijn hoofd.

'Je hebt in vierentwintig uur niets anders dan een beetje sap gehad. Ik denk dat je moet proberen te eten.'

Ik geef geen antwoord. Thuis communiceer ik zelden met mijn cellbroeders. Ze zijn gewend aan mijn lege uitdrukkingen, en ze proberen niet met me te praten tenzij het belangrijk is. Sasha, de nieuwe bruid van onze fixer Maxim, probeert het soms. Maar dit gedoe met Story is verdomde pijnlijk. Ze blijft maar vragen stellen, kijkt naar me voor antwoorden. Probeert contact te maken.

Het triggert de woede en frustratie waarvan ik dacht dat ik ze lang geleden had begraven, terug in de gevangenis. Nadat ik wakker werd zonder tong, beschuldigd van een misdaad die ik niet had gepleegd.

Story gaat naar de keuken - die eigenlijk gewoon één muur van de woonkamer is met een ontbijtbar voor twee personen om de ruimte af te scheiden. Ze opent de koelkast en rommelt wat rond, en komt uiteindelijk terug met een bakje citroenyoghurt dat ze heeft opengemaakt en waar ze muesli overheen heeft gestrooid.

'Hou je van yoghurt? Russen houden toch van yoghurt?' Ze vertrekt haar gezicht alsof ze net iets stoms heeft gezegd, dus neem ik het van haar aan, hoewel ik geen interesse heb in eten.

Ik dwing mezelf een paar happen op te eten voordat ik het op haar salontafel uit de jaren '70 zet.

'Ik geef de hele middag lessen,' zegt Story. Ze kijkt verontschuldigend, dus ik doe mijn best om te begrijpen wat ze me vertelt. 'Hier, in de woonkamer.'

Ik grom en gooi mezelf van de bank en op mijn voeten. Mijn hoofd doet zo'n pijn dat ik niet recht kan zien, maar ik strompel naar de slaapkamer en land wonderbaarlijk in het midden van haar bed.

Ik kan mijn gedachten niet goed genoeg ordenen om te beslissen of ik Story's telefoon moet gebruiken om Ravil een bericht te sturen. Ik ben er bijna zeker van dat mijn *pakhan* en cellbroeders niets met deze shit te maken hebben. Ze zouden me niet verraden. Ze hebben er geen reden voor.

Maar ze weten niet dat ik voor Skal'pel' heb gewerkt. Dat ik de gezichten heb gezien van mensen op wie hij opereerde - voor en na. En als ze dat te weten zouden komen, zouden ze me misschien niet vergeven voor het verzwijgen. Mijn werk viel aan de andere kant van de Moskouse bratva, waar de meeste van mijn bratva-broeders vandaan kwamen. Sommige klanten van Skal'pel verborgen zich voor Igor Antonov, de nu overleden *pakhan*. Sasha's vader. Ik hielp hen hun identiteit te veranderen en te verdwijnen. Ik kan hun nieuwe gezichten herkennen. Mensen zouden ofwel veel geld betalen voor die informatie of me vermoorden om het stil te houden.

Ik heb me vaak afgevraagd waarom ik nog leef. Waarom Skal'pel' me in een gevangenis dumpte in plaats van in een cederhouten kist.

Het is een mysterie dat me achtervolgt. Al die jaren heb ik gewacht tot het mis zou gaan. Tot iemand zou opduiken om het karwei af te maken.

Het lijkt erop dat het eindelijk gebeurt.

Dus zelfs als mijn cel me niet in de steek laat voor wat ik heb gedaan, kan ik deze shit niet op hen afschuiven. Het is niet hun probleem. Ik moet het zelf oplossen.

Dat besluit ik in ieder geval, voordat het bonzen in mijn hoofd me weer doet flauwvallen.

STORY

Oleg slaapt de hele ochtend en tot ver in de middag in mijn slaapkamer. Ik verwissel het verband van zijn wond en giet er hydrogeen peroxide op. Gelukkig ziet het er echt niet zo slecht uit, niet dat ik enige ervaring heb met schotwonden. Maar het is niet diep en lijkt meer op een brandplek door wrijving dan iets anders.

Ik maak me meer zorgen over de vermoedelijke hersen-schudding.

En over in wat voor shit Oleg zit. Hij is ernstig gewond, en ik heb geen idee wie het heeft gedaan of wat er is gebeurd. Ik heb de hele middag mensen die voor muziekles komen en een gewonde kerel die mogelijk door mannen wordt gezocht in mijn slaapkamer.

Wat als iemand hier voor hem verschijnt? Hij is behoor-lijk uitgeschakeld. Ik zou hem moeten beschermen, en ik weet niet eens of ik daartoe in staat ben. Geweld is niet echt mijn sterke punt.

En een veel kleiner maar nog steeds realistisch probleem - wat als hij mijn hulp nodig heeft terwijl ik les probeer te geven? Het zou niet professioneel zijn en moeilijk uit te leggen waarom er een enorme, bloedende en duizelige man in mijn slaapkamer ligt.

Gelukkig slaapt hij door de gitaarlessen die ik de hele middag geef. Ik heb al vijf vaste leerlingen gezien als een nieuwe leerling, Jeff Barnes, arriveert. Ik kreeg een beetje een griezelige indruk van hem aan de telefoon. Mijn moeder heeft me wel honderd keer verteld dat ze het niet leuk vindt dat ik lessen geef vanuit mijn eigen appartement, maar ik heb echt geen andere keuze. Het huren van een muziekstudio zou elke cent opslokken die ik verdien met de lessen, waarmee ik de huur betaal en eten koop.

Toen hij belde voor lessen, deed hij cool, deed hij dat ding waarbij hij deed alsof we vrienden zijn. Hij noemde een paar namen van mensen die ik ken en zei dat hij graag kijkt naar de Storytellers. Hij klonk enthousiast. Ik dacht dat hij ofwel in de band wil of in mijn broek. Toch is vijftig dollar vijftig dollar, en lessen zijn hoe ik de huur betaal, dus plande ik hem in. Ik kreeg geen gevaarlijke vibes van hem, en nu ik hem persoonlijk heb ontmoet, krijg ik die nog steeds niet.

Maar de kerel is irritant. Hij is duidelijk niet hier om gitaar spelen te leren. Hij doet alsof hij alles al weet wat ik hem probeer te leren, ook al is dat niet zo, en blijft proberen over koetjes en kalfjes te praten in plaats van wat te leren.

Aan het einde van zijn half uur leg ik mijn gitaar neer. 'Oké, de tijd is om.' Ik bied niet aan om nog een les te plannen omdat ik het niet leuk vond om hem les te geven. Als hij het vraagt, prima. Maar ik ga niet proberen hem in een regulier pakket te krijgen of zoiets.

Hij maakt geen aanstalten om van mijn bank op te staan.

In plaats daarvan haalt hij een klein zakje uit zijn jaszak en begint een joint te rollen.

Jezus Christus zeg.

Ik heb toevallig geen leerlingen na hem omdat het al 18.30 uur is - mijn etenstijd - maar die had ik gemakkelijk kunnen hebben. Misschien doe ik alsof dat zo is.

'Wil je een hijs?' biedt hij aan nadat hij met zijn tong langs de rand van het vloeitje heeft gelikt.

'Nee, ik pas. En luister, ik heb plannen voor het avondeten, dus...'

'Ja.' Maar de klootzak snapt de hint niet. Hij klikt gewoon zijn aansteker aan en steekt hem op in mijn woonkamer.

Ik ben niet het type dat tekeer gaat. Het klinkt alsof we een paar dezelfde mensen kennen, en ik wil niet volledig onbeleefd zijn. Ik sta op en begin de keuken schoon te maken om hem een betere hint te geven.

Ik kijk om en zie hem met halfgesloten ogen naar me kijken.

Ugh. Zeker een griezel.

En dan, achter hem, in de deuropening van de slaapkamer, verschijnt Oleg. Hij heeft zijn spijkerbroek aangetrokken en hij ziet er nog steeds bleek uit, maar zijn focus is gericht op de achterkant van Jeffs hoofd, en zijn uitdrukking is dodelijk.

'Oh hé, schat,' roep ik opgewekt om Jeffs aandacht op Olegs aanwezigheid te vestigen.

De vent draait zich verrast om, hoestend door de hijs die hij net nam.

Oleg vouwt zijn armen over zijn enorme borst. Hij is enorm, en hij ziet eruit alsof hij Jeffs hoofd met één hand van zijn schouders zou kunnen rukken. Ik merk, alleen omdat ik erop let, dat hij zich ook strategisch tegen de deurpost heeft geplaatst voor balans.

Hij speelt het spel voor me mee, net zoals hij altijd doet

bij mijn show als ik besluit hem als een klimrek te beklimmen of hem me op zijn schouders te laten dragen. Of me te vangen als ik vanaf het podium duik.

Ik trek verontschuldigend mijn neus op naar Jeff. 'Mijn vriend vindt het niet echt leuk als jongens rondhangen na hun lessen.'

Ik heb nog nooit een man zo snel zien bewegen. Jeff propt zijn wiet terug in zijn jaszak en slaat zijn gammele gitaar-koffer dicht. Hij is de deur uit met slechts één kant ervan vastgemaakt en zijn jas sleept over de vloer terwijl hij hem onder zijn arm draagt.

Zodra de deur dichtgaat, lach ik en spring naar Oleg, reikend op mijn tenen om hem een kus op zijn wang te geven. 'Dank je,' spin ik. 'Je bent een goede bodyguard.'

Wenkbrauwen nog steeds gefronst, kijkt hij naar de deur.

'Hij zou zijn weggegaan als ik het hem had gezegd,' stelde ik hem gerust, zijn gedachten radend. 'Maar nu zal hij nooit te lang blijven.' Ik beloon Oleg met een grote glimlach.

Oleg werpt nog een duistere blik op de deur.

'Ik weet het, je zou hem voor me in elkaar geslagen hebben als ik je nodig had gehad, toch?'

Oleg haalt zijn wijsvinger over zijn keel. Een rilling loopt langs mijn ruggengraat omdat ik de dreiging geloof. Hoe zachtaardig en veilig Oleg ook voor mij lijkt, hoezeer ik hem ook zie als mijn grote teddybeer, ik heb alle reden om te geloven dat hij een crimineel is - een gevaarlijke crimineel. Die tatoeages vertelden een verhaal van geweld. En hij bevindt zich in een groep Russische mannen die allemaal tatoeages hebben zoals hij. Ze zijn waarschijnlijk de Russi-sche maffia. Ik wil niet eens weten in wat voor misdaden ze betrokken zijn. Ik bedoel, ik vond Oleg neergeschoten achterin mijn busje.

"Oké, dat zal niet nodig zijn," zeg ik tegen Oleg, nu weer nuchter.

Hij ziet er nog steeds uit alsof hij iemand wil vermoorden.

"Serieus. Het is goed om te weten dat, eh, je bereid bent voor mij te doden, maar dat zou ik nooit willen. *Nooit*." Ik probeer hier zo duidelijk mogelijk over te zijn.

Oleg lijkt mijn toon te begrijpen want een flits van onzekerheid vervangt zijn dodelijke uitdrukking, en hij wrijft met zijn getatoeëerde hand over zijn stoppelige gezicht.

"Is dat wat je doet?" Ik weet niet waar ik de moed vandaan haal om het te vragen. Ik denk echt niet dat ik het antwoord wil horen. Ik breng mijn vingertoppen naar de plek op zijn borstbeen waar ik de dolk tatoeage zag. "Dat is wat de inkt betekent, toch?"

Hij geeft me een enkele knik.

Verdomme. Een heftige rilling gaat door me heen. Dat wilde ik absoluut niet weten.

"Is dat waarom je werd aangevallen? Zit er nu iemand achter je aan?"

Hij kantelt zijn hoofd opzij, mijn vraag overwegend, en schudt het dan.

Oké, dus hij werd niet aangevallen als vergelding voor moord. Goed om te weten. Nogmaals, ik ben stom dat ik het vraag.

Hoe minder ik weet over Oleg en zijn misdaden, hoe beter.

Voor de tweede keer gaat er een golf van spijt door me heen over het beter leren kennen van Oleg. Hij is zeker niet het soort man om een vriendje te worden, niet dat ik toch ooit langer dan een maand of twee bij vriendjes blijf. Nu bewegen we richting het pad waar dit ding eindigt, en ik wil niet dat het eindigt. En ik wilde niet dat het zou veranderen.

Behalve dat dat een leugen is. Want ik kan niet stoppen met denken aan de ruwe manier waarop Oleg me nam - en hij heeft me niet eens *genomen*-genomen! Maar ik voel nog steeds zijn handen op me. De manier waarop hij me tegen de muur duwde en mijn kutje vastpakte alsof het van hem was. De manier waarop hij mijn visnet kousen kapot scheurde om bij mijn huid te komen. Die onverzadigde honger in hem. De dominantie.

Ik hunker naar meer. Ik ga dit ding zeker afmaken. Ik wil alle seks krijgen die ik maar kan krijgen voordat het eindigt.

Maar eindigen, dat moet het.

Eindes zijn een gegeven met elke man, en Olegs beroep maakt het een zekerheid.

Wat jammer is. Want ik vind het fijn hoe ik me bij hem voel. Alsof ik mezelf kan zijn.

Helemaal mezelf. Ongefilterd mezelf.

Het is gewoon makkelijk met hem. Zelfs met de communicatiestoornis.

Ik mag Oleg graag. Ik druk mijn lichaam tegen het zijne, vragend om een omhelzing. Zoals altijd geeft hij me waar ik om vraag. Ik bijt in zijn gigantische borstspier - alleen omdat het zo uitnodigend lijkt.

Hij verrast me door mijn haar vast te pakken en mijn hoofd naar achteren te trekken. Hij laat zijn mond langzaam zakken, kijkt me intens aan, alsof hij zoekt naar een teken van ongenoegen. Ik til mijn lippen op. Hij strijkt twee keer met de zijne over mijn mond, dan bijt hij in mijn onderlip. Dan laten zijn vingers mijn haar los om mijn achterhoofd te omvatten, me op mijn plaats houdend voor een echte kus. Een opeisende kus.

Ik mis de tong - mijn hart bloedt verdomme voor Oleg en zijn gewonde tong - maar zelfs zonder is het een betere kus dan ik van welke man dan ook heb gehad, zonder twijfel.

Het is de energie erachter. Dat rauwe, ruwe verlangen. Dat gevoel van zowel opgeëist als geëerd worden tegelijkertijd. Het maakt mijn knieën slap.

Helaas heeft het hetzelfde effect op Oleg. Nee, dat is

waarschijnlijk de hersenschudding. Hij wankelt een beetje en verbreekt de kus, zichzelf vastgrijpend aan de muur.

"Het is oké. Je kunt beter weer gaan liggen. Maar je staat bij me in het krijt," waarschuw ik hem.

Hij kantelt zijn hoofd, alsof hij om uitleg vraagt.

Ik laat mijn handen over zijn borst glijden en omlaag over zijn wasbord rimpels. "Ik ga hier wat van nodig hebben voordat je gaat."

Oleg trekt me bij mijn nek terug naar zijn gezicht en geeft me een zachte, verkennende kus. De hitte laait overal op. Ik wil hem nu, maar ik weet dat dat onmogelijk is. Als hij wegtrekt, breng ik beide handen omhoog om zijn gezicht te omvatten. "Kun je nog wat eten?"

Hij aarzelt, schudt dan zijn hoofd en draait terug naar de slaapkamer.

"Ik breng je nog wat pijnstillers," zeg ik tegen hem.

Hij reageert niet op mijn woorden, maar wanneer ik hem de ibuprofen breng, slikt hij de pillen gehoorzaam en drinkt het hele glas sap op, net als elke keer. Ik duw de opkomende angst weg dat ik hem naar het ziekenhuis had moeten brengen.

Oleg

Story's geur omringt me. Ik droom dat ik tegen haar billen aan schuur, één hand bezitterig om haar borst geklemd.

Nee, geen droom.

Ik knipper in het ochtendlicht. Ik lig in het bed van mijn kleine *lastochka* met een waanzinnige stijve lul die tussen haar benen is geduwd als een hittezoekende raket op weg naar huis.

Ze is wakker. Ik weet het zeker omdat ze haar billen

tegen mijn onderlichaam duwt en zachtjes kreunt. Ik knijp en wrijf haar tepel tussen mijn duim en wijsvinger, trek het tot een stijve piek. Mijn hand is onder haar hemdje - blijkbaar is die er al slapend naartoe gegaan. Mijn pik zit gelukkig nog in mijn onderbroek.

Ik heb nog nooit zo graag willen spreken. Veertien jaar sinds mijn tong werd afgeknipt, en dit is het moment dat me de meeste pijn geeft. Want ik heb allerlei vuile praatjes in mijn hoofd zwemmen, en ik heb geen manier om ze eruit te krijgen. Om bij haar te checken. Zeker te weten dat ze wil krijgen wat ik wil geven.

Maar ze vertelde me het eerder, toch? Ze maakte duidelijk wat ze wilde.

Ik bijt in haar nek en laat mijn hand over haar buik naar beneden glijden en in haar pyjamabroek gaan. Ze opent haar knie voor me. Ik zuig scherp adem in wanneer mijn vingers over haar zijdeachtige landingsbaan en over haar spleet strelen. Ze draagt geen slipje en ze is heet en nat voor me. Ik laat mijn vinger door haar sappen glijden, sleep ze omhoog om rond haar clitoris te cirkelen. Die verstijft en verlengt onder mijn aanraking.

De herinnering aan dat ik haar de vorige keer heb laten klaarkomen maakt me harder dan steen. Ik wil nu de tijd met haar nemen, maar ik vrees dat ik niet de finesse zal hebben. Niet met mijn nog steeds pijnlijke hoofd en mijn lage uithoudingsvermogen.

Ik pak haar keel met mijn andere hand en trek haar hoofd terug naar mijn schouder terwijl ik mijn vinger over haar kutje laat glijden, luisterend naar haar kleine zuchtjes en gehijg.

Wil je dat ik je hier aanraak? Je laat klaarkomen? Of heb je mijn pik nodig?

Ik wou dat ik het verdomme kon vragen. Maar dat kan ik niet, dus gebruik ik mijn vingers om haar te plezieren. Ik cirkel rond haar clitoris tot ze kronkelt, haar kleine jammerkreten worden wanhopiger, dan duw ik er één naar binnen. Ik hou van de manier waarop haar benen dichtklappen, en haar hand drukt op de bovenkant van de mijne.

"Je vingers zijn zo groot als de pikken van sommige mannen," kreunt ze.

Ik vind het geweldig dat ze vuile praatjes maakt, maar het noemen van pikken van andere mannen maakt dat ik elke man met wie ze ooit is geweest, wil vermoorden.

"Je gaat me deze keer niet afhouden, toch?" Ze beweegt haar heupen en neemt mijn vinger dieper in zich op.

Ach, verdomme.

Nu begrijpt ze het.

Ik glijd met mijn vinger naar buiten en ga rechtop zitten.

Story gaat ook rechtop zitten. "Wat?"

Oké, ik was kracht aan het verzamelen om uit bed te klimmen voor een condoom. Maar ik herinner me dat ze mijn portemonnee op haar nachtkastje legde toen ze mijn jeans waste. Ik wijs ernaar, en ze grijpt hem snel. "Condoom?" Ze klinkt buiten adem.

Ik hou ervan als ze mijn gedachten leest.

Ik pak de portemonnee, klap hem open en haal het condoom eruit.

"Laat me helpen." Ze duwt me op mijn rug. Ik verberg mijn grimas wanneer mijn gevoelige hoofd het kussen raakt. Ik ben te gefascineerd door mijn *shalun'ya* - mijn stoute meisje - om me zorgen te maken over de pijn. Ze gaat schrijlings op mijn benen zitten, scheurt de condoomverpakking open met haar tanden.

Ik trek twee keer aan de zoom van haar hemdje en til mijn kin op. Ik ben veeleisend, maar ik kan zien dat ze het leuk vindt omdat een ondeugende glimlach om haar lippen krult, en ze trekt het over haar hoofd en gooit het op de grond.

Ah, die schitterende tieten. Haar tepels hebben perzik-kleurige puntjes - en zoet, waardoor het zien van haar borsten aanvoelt als een onverwacht geschenk.

Ze trekt mijn onderbroek naar beneden om mijn erectie te bevrijden en slaat haar hand om de basis. "Wow." Ze klinkt onder de indruk. "Het is, eh, zeker groter dan je vinger."

Ik hou mijn hand omhoog ter vergelijking, en ze glim-lacht, haar blik blijft hangen op mijn gezicht.

"Ik had niet verwacht dat je zo..."

Ik blijf stil, bezorgd over wat ze gaat zeggen.

"...*agressief* zou zijn. Het was heet."

Het duurt een paar seconden voordat ik er overheen ben dat ik dacht dat het een klacht was. Ik had niet de bedoeling om zo dominant te zijn, maar het was moeilijk om al mijn opgehoopte verlangen naar haar in te houden. Story is al lange tijd mijn obsessie. Maar te horen dat ze het leuk vond, dat ze dat wil, laat de motor in me brullen. Welk uithou-dingsvermogen ik ook bang was niet te hebben, verschijnt. Ik zou dit meisje de hele nacht kunnen neuken als het nacht was.

Wat het niet is.

Ze laat haar hoofd zakken en glijdt met haar mond over de top van mijn pik. Mijn hoofd ontploft bijna van genot. En pijn. Maar het *genot*. Ik kreun hardop, wat me verbaast omdat ik over het algemeen probeer te voorkomen dat er geluid ontsnapt.

Story glijdt met haar mond naar beneden en weer omhoog, waardoor ik overal kippenvel krijg. Ze houdt haar blik op de mijne gericht, kijkend naar de ravage die ze aanricht terwijl ze me steeds weer in haar mond neemt.

Het is allemaal te veel. Ik heb te lang gewacht op dit moment zonder ooit te geloven dat het zou gebeuren. En verdomme, ik ga niet in haar mond klaarkomen. Niet wanneer ze me duidelijk vertelde dat ze wil dat ik het haar hard geef.

Ik pak mijn eigen pik vast, wat haar doet stoppen. Ik trek haar pyjamabroek uit. Ik wil mijn mond op haar druipende kut zetten, maar ik heb meer vertrouwen in wat ik met mijn pik kan doen. Geen tong hebben om haar te plezieren heeft me de vorige keer de das om gedaan.

Je zou denken dat ik na zo'n lange tijd mijn lot zou hebben geaccepteerd. Ik ben geen zelfingenomen-neuker, maar Story wekt de behoefte om zoveel meer te zijn dan wat ik de afgelopen jaren ben geweest - nauwelijks een halve man.

Ze steunt op haar ellebogen om me het condoom te zien omrollen. Ze vond me agressief, dus ik pak haar dijen en trek haar naar het midden van het bed, tonend hoe sterk ik ben.

Haar ademloze lach maakt het zo de moeite waard. "Oeh, daar is Big Daddy."

Big Daddy. Ik weet niet genoeg van de Amerikaanse popcultuur om zeker te weten of ik de bijnaam begrijp, maar ik begrijp de essentie. Zij is mijn *shalun'ya,* en ik ben de man die de leiding heeft. De man die haar gaat neuken totdat ze het uit schreeuwt.

Ik positioneer mezelf tussen haar open dijen en wrijf met de eikel van mijn omhulde pik over haar spleet. Ik moet in haar zijn zoals een beer zijn eerste maaltijd na de winter nodig heeft, maar ik dwing mezelf om hem langzaam naar binnen te duwen, wetende dat ik groot ben, en zij een klein elfje.

Ze buigt zich, haar hoofd valt achterover terwijl ze haar heupen opduwt om me dieper te nemen.

Blyad'. Ze heeft meer nodig? Ik zal het haar geven. Ik omvat haar keel met mijn hand. Ik knijp helemaal niet - zelfs niet een beetje, maar de positie zelf is dominant. Ik houd haar keel vast en duw mijn pik met een harde stoot naar binnen.

"O mijn *god*." Story's mond opent zich wijd, haar lichaam golvend onder het mijne, reagerend op mijn stoot.

Ik trek langzaam terug en stoot dan weer met kracht naar binnen, waarbij ik haar tegenhoudt om naar boven te schuiven met de hand om haar keel. Haar lichaam trekt samen rond mijn pik. Met mijn vrije hand knijp ik in haar tepel en knijp dan in haar perfecte borst.

Ik ga een tijdje langzaam en hard door, mijn stoten onderstrepend met een pauze om haar mijn volle lengte te laten voelen, eraan te wennen. Maar al snel hebben we allebei meer nodig. Story begint naar me te grijpen, mijn zij vast te houden om me sneller naar binnen te trekken, dus verkort ik de stoten en verhoog het tempo, leunend met één hand tegen de muur achter haar hoofd om mezelf te steunen.

"Oleg," hijgt ze. "O mijn God, ja. Oleg."

Haar mijn naam horen schreeuwen stuurt mijn ego op een overwinningsmars, voordat het zelfs voorbij is. Het meest menselijke deel van me dat verschrompeld en gestorven was, komt steeds meer tot leven, elke keer dat ik haar goddelijk mooie gezicht in me opneem.

Story. Ik wil haar naam terug schreeuwen. Mijn *lastochka.* Ik verplaats me om haar benen op mijn schouders te tillen, de voorkant van haar dijen vasthoudend, zodat ik dieper kan stoten. Haar kreten worden luider en frequenter - bijna een constante stroom van klanken.

Ik pauzeer en trek een wenkbrauw op. *Vind je dat lekker, shalun'ya?*

Sla me, Big Daddy. Als ik me haar gepiep herinner toen ik haar zaterdagavond over mijn schouder legde, trek ik me terug en draai haar op haar buik, geef elke bil een scherpe tik.

"Oeh!" Ze buigt haar rug als een kat, biedt haar kont aan

mij aan. Ik geef nog twee tikken voordat ik hem weer naar binnen duw, en ze kreunt tevreden.

Ik houd haar bij haar nek vast en berijd haar van achteren, genietend van elke heerlijke, duizelingwekkende stoot. De kamer schommelt en draait, maar het is van extase, niet van pijn. Niets voelt zo goed als in Story zijn.

Ik streel met de vingertoppen van mijn vrije hand haar rug. Bewonder de paraplu tatoeage op haar schouderblad. Pak een handvol van haar kont. Houd haar heup vast. Ik trek haar billen wijd uit elkaar om bij haar schattige kleine gaatje te komen en ze laat een stroom van wanhopige, brabbelende aanmoediging horen. Ze houdt het niet lang vol. Nog vier stoten, en dan komt ze klaar, haar benen strekken en schokken, haar binnenwanden knijpen in mijn pik als een vuist.

Ik neuk haar harder en sneller om mijn eigen climax te bereiken, en die komt onmiddellijk. Ik duw diep naar binnen en houd vast, reik met mijn hand onder haar heupen om haar clitoris te wrijven en de rest van haar orgasme eruit te lokken. Het werkt. Nog een gigantische siddering gaat door haar heen, en de spieren kloppen opnieuw, en persen meer zaad in het condoom. Vonken van licht dansen achter mijn ogen. Ik trek me terug en val op mijn zij, mijn hoofd splijt maar mijn hart, mijn geest - iets waarvan ik dacht dat het lang dood was - stijgt op als een verdomde vlieger.

Story, ik wil in haar oor neuriën. Prachtige Story. Mijn gekke, wilde, ondeugende zangvogel. Wat een verdomd voorrecht om in haar bed te zijn. Ik neem genoegen met een zachte hum. Het geluid voor hoe ze me laat voelen.

Het lukt me om het condoom te verwijderen en in de prullenbak naast het bed te gooien voordat ik mijn ogen sluit en weer bewusteloos raak.

STORY

Ik ben net klaar met douchen en mezelf aan het aankleden wanneer er op de deur wordt geklopt. Oleg ligt bewusteloos op het bed, arme man.

Arme hij, gelukkige ik. Die kerel is een verdomde hengst. Dat was verreweg de beste seks die ik ooit heb gehad. Het was geen speciale techniek, het was gewoon... Oleg. Ik hou ervan om zijn kracht en macht te voelen. De ruwheid en dominantie in zijn bewegingen. En toch heb ik me nog nooit zo veilig gevoeld bij een man. Deze jongen is betrouwbaar. Hij komt naar elke show. Zit vooraan met de uitstraling van een uitsmijter of beschermer. Ik voelde me geen moment nerveus toen hij me vastgreep. Ik wist dat als ik stop zou zeggen, hij zou stoppen. Ik kon me ontspannen en ervan genieten.

Ik trek snel mijn trui aan en ren naar de deur. Niemand heeft beneden aangebeld, dus het moet een buurman zijn. Hopelijk niet om te klagen over onze ochtendsessie. Niet dat ik *zo* luid was. Of wel soms? Mijn keel voelt behoorlijk rauw.

Ik zwaai de deur open, maar wanneer ik de twee getatoeëerde mannen erachter zie, verklein ik de opening meteen totdat alleen mijn gezicht zichtbaar is. 'Ja?'

'Hé, Story,' zegt de bruinharige man. 'Ik ben Maxim, een vriend van Oleg. Dit is Pavel.' Hij wijst naar zijn blonde vriend. 'We hebben elkaar ontmoet bij je show? Mijn vrouw Sasha sprak met je—de roodharige?'

'Ja, hoi.' Ik herinner me de man en zijn vriendelijke vrouw, en hij lijkt niet bedreigend, maar ik weet niet wie Oleg heeft verwond en de man vernielde zijn eigen telefoon alsof hij bang was gevolgd te worden. Bovendien weet ik niet hoe deze mannen mij of mijn woning hebben gevonden.

'Sorry dat we hier zomaar opduiken. We hebben Oleg sinds zaterdagavond niet meer gezien, en we vroegen ons af of u iets weet? Was hij zaterdag bij uw show?'

Ik schud snel mijn hoofd. 'Nee.'

Hij kantelt zijn hoofd alsof hij weet dat ik lieg.

'Ik bedoel, ja, hij was bij mijn show, maar ik weet niet waar hij daarna naartoe is gegaan. Ik bedoel, ik heb hem niet gezien.' Verdorie, ik ben een vreselijke leugenaar. Ik klink ademloos, en ik praat veel te snel.

Maxims ogen vernauwen zich. Hij probeert langs me heen te kijken, en als hij dat doet, ontspannen zijn schouders. 'Oleg, wat de fuck?'

Ik draai me om en zie Oleg achter me staan. Hij heeft zijn spijkerbroek aangetrokken, maar is ontbloot en heeft geen schoenen aan zijn voeten. Hij verstopt zich zeker niet voor deze jongens. Opluchting stroomt door me heen.

Ik ben plotseling dolblij iemand te hebben om het gewicht van Olegs benarde situatie mee te delen. 'Hij is aangevallen. Iemand heeft op hem geschoten,' flapte ik eruit terwijl ik bij de deur wegstap zodat ze binnen kunnen komen.

'Wat?' Maxim bekijkt Oleg snel.

'Hij is op zijn hoofd geslagen en in zijn been geschoten.' Ik wijs naar het gat in zijn spijkerbroek. Ik heb het bloed eruit gewassen, maar het hele dijbeen gedeelte van zijn jeans is nog steeds roest rood gekleurd.

'Fuck.' Maxim zegt iets kort in het Russisch tegen Pavel die er grimmig uitziet. 'Bedankt dat je voor hem hebt gezorgd.'

'Je hoeft me niet te bedanken.' Ik voel me een beetje beledigd. Natuurlijk zorgde ik voor hem. Hij is mijn vriend.

Oleg strompelt terug naar de slaapkamer, en Pavel volgt hem, biedt geen hulp aan maar blijft dichtbij.

'Weet je wie hem heeft aangevallen? Heb je gezien wat er is gebeurd?'

Ik schud mijn hoofd. 'Nee, hij reed met mijn busje hierheen om mij naar huis te brengen. De volgende ochtend vond ik hem achterin, bloedend met een wond op zijn achterhoofd.'

Oleg verschijnt met zijn shirt en laarzen aan.

'Waar is je telefoon, godverdomme?' eist Maxim. Ik erger me een beetje aan de manier waarop hij tegen Oleg praat, maar het stelt me ook gerust. Ze zijn duidelijk op hun gemak bij elkaar. Er is een band. Zoals ik die heb met Flynn en de gasten van de band.

Oleg antwoordt niet. Natuurlijk niet, maar hij probeert helemaal niet te communiceren. Dat heb ik hem ook met mij zien doen, wanneer hij besluit dat hij niet wil reageren. Het is alsof hij het niet eens probeert.

'Hij heeft hem kapot geslagen,' bied ik aan, hoewel ik niet zeker weet of Oleg wil dat ik dat deel.

Maxim staart naar hem, alsof hij probeert het te begrijpen. 'Oké,' zegt hij, alsof hij het onder controle heeft. 'Laten we je naar huis brengen, maat.'

Oleg kijkt naar Maxim en knikt met zijn hoofd in mijn richting.

Maxim haalt zijn portemonnee tevoorschijn en pakt al het contante geld eruit. Ik zie meer dan een paar honderddollarbiljetten. Hij vouwt de bundel dubbel en geeft het allemaal aan mij, geklemd tussen zijn wijs- en middelvinger. 'Bedankt dat je voor Oleg hebt gezorgd.'

'Wat?' Ik duw de biljetten terug, beledigd. 'Ik deed het niet voor het geld.'

Oleg lijkt gealarmeerd door mijn toon. Zijn wenkbrauwen gaan omhoog, en hij kijkt aandachtig naar mijn gezicht.

'Nee, nee, nee,' zegt Maxim soepel. 'Ik bedoelde het niet als een transactie.' Hij spreidt zijn vrije hand in een vredestichtend gebaar. 'Helemaal niet. Ik weet dat je het deed omdat je om Oleg geeft.'

Ik kalmeer een beetje.

'Maar Oleg wil dat er voor je gezorgd wordt. Accepteer het alsjeblieft.' Hij strekt zijn arm weer naar me uit.

Ik aarzel. Ik voel me nog steeds een beetje beledigd. Of misschien vind ik het niet leuk dat Oleg weggaat. Hij gaat weg, en ik heb zijn nummer niet of weet niet wanneer ik hem weer ga zien.

Dit is zo anders dan ik normaal ben. Meestal ben ik degene die wegrent van een relatie.

Mijn ogen worden plotseling warm, en ik knipper snel. Ik heb het geld nog steeds niet aangenomen. Ik vind het ergens vervelend dat ik nu met Maxim praat in plaats van met Oleg.

Waarom is dat?

Waarom laat Oleg zijn vriend voor hem spreken? En waarom gaat hij zomaar met hen mee? Gaat hij zelfs afscheid nemen?

Het maakt me boos. Ik vouw mijn armen over mijn borst. 'Laat Oleg het dan aan mij geven,' daag ik uit.

Maxim draait zich zo dat zijn arm naar Oleg wijst. Olegs donkere wenkbrauwen staan gefronst. Hij grijpt het geld uit Maxims vingers en smijt het op mijn salontafel alsof hij het in de prullenbak gooit. Hij stapt direct mijn ruimte binnen, pakt mijn hoofd vast, en zijn mond daalt op de mijne voordat ik zelfs tijd heb om adem te halen. Om na te denken.

De tranen prikken in mijn ooghoeken terwijl ik zijn kus ontvang. Zijn hand op mijn middel, zijn duim die mijn wang streelt. Als hij de kus verbreekt, leunt hij met zijn voorhoofd tegen het mijne en blijft daar. Hij maakt dat zachte neuriënde geluid dat hij maakte na de seks. Zijn vrienden verlaten het appartement en gaan op de overloop staan om ons privacy te geven.

'Doe me dat niet aan,' fluister ik, met pijn in mijn stem.

Hij trekt zich terug, bezorgde ogen bestuderen mijn gezicht.

'Ik wil geen tussenpersoon tussen ons,' leg ik uit omdat hij duidelijk niet zeker weet waar ik het over heb.

Hij verstijft, alsof ik hem shockeerde. Alsof hij zich niet bewust was van de manier waarop hij naar de achtergrond verdween zodra zijn vrienden arriveerden. Hij knikt en buigt zijn hoofd om me een zachte kus te geven—een druk van zijn lippen op de mijne.

Ik wil niet dat hij weggaat. Het is gestoord hoeveel ik niet wil dat hij weggaat. Zelfs al weet ik dat dit niet verder kan gaan. Ik weet dat het verkennen ervan alleen maar tot pijn en het uiteindelijke einde zal leiden. Toch klamp ik me aan hem vast. Sla mijn armen om zijn rug en druk mijn lichaam tegen het zijne in een omhelzing.

'Beterschap,' zeg ik, mijn stem schor. Het is een stom ding om te zeggen. Het omvat niet eens een vijfde van wat ik tegen hem wil zeggen. 'Kom je naar mijn show?'

Jezus.

Nu klink ik gewoon klef.

Hij verstijft weer, wat me verteld dat hij niet denkt aanwezig te zijn, maar dan geeft hij een knikje.

Hmm. Ik geloof hem niet helemaal.

Maar iemand zit achter hem aan. Misschien moet hij onderduiken.

Fuck—misschien zie ik hem nooit meer.

Ik pak zijn mouw als hij zich omdraait. 'Oleg—'

Hij draait terug, met die gealarmeerde uitdrukking op zijn gezicht.

'Kom je echt?'

Hij haalt langzaam adem en knikt dan.

Ik adem uit.

'Wees voorzichtig,' zeg ik omdat ik me nu schuldig voel dat ik hem vraag naar mijn show te komen terwijl hij duidelijk in gevaar is.

Hij knikt en pakt mijn hand en knijpt erin.

Ik wil nog steeds niet dat hij gaat. Maar zijn vrienden verschuiven in de gang, en ik zie de bobbel van een pistool in Pavels jaszak, en ik realiseer me dat ik niet in zijn wereld thuis hoor. Wat betekent dat hij niet in de mijne kan blijven.

'Dag,' zeg ik snel, terwijl ik me omdraai en doe alsof ik cool ben. Want dat ben ik. Ik heb veel vreemde ervaringen gehad in mijn korte leven. Ik zit in een band, en veel van mijn vrienden gebruiken een hoop drugs. Dit wordt gewoon weer een gek verhaal. Of misschien ga ik eindelijk de liedjes schrijven die me al een tijdje ontwijken.

Waarom voelt het dan als zo'n verlies wanneer Oleg mijn deur uitloopt?

HOOFDSTUK 4

Oleg

Ik stap achterin Maxims Tesla.

'Geef hem je telefoon,' blaft Maxim naar Pavel.

Pavel overhandigt mij zijn telefoon, en Maxim geeft de zijne aan Pavel terwijl hij de auto in de drive-stand zet en wegrijdt.

'Wie was het?' eist Maxim.

Mijn hoofd bonkt, en ik voel me nog steeds rauw en ruw omdat ik Story daarnet van streek heb gemaakt. Fuck. Ik bedoelde zeker niet om haar te beledigen door Maxim haar geld te laten geven. Ik verwachtte gewoon dat hij de juiste dingen zou doen en zeggen, omdat ik ze zelf niet kan zeggen. Ik wilde voor haar zorgen. En ik weet zeker dat ze het geld kan gebruiken. Ik heb het in mijn hoofd berekend. Ze kan niet meer dan achthonderd dollar per week verdienen met gitaarlessen geven. Dus het is geen verschrikkelijk salaris, maar het is niet alsof ze rijk is of zo. En Maxim wel. Hij was ook gladjes, hij zei alle juiste dingen, en toch maakte het haar boos.

Ze wilde niet dat hij voor mij sprak.

Dat heeft me nog steeds tot in mijn binnenste geschokt. Als opengescheurd in het midden van mijn borst, met mijn kloppende hart blootgelegd. Ik heb me nog nooit zo kwetsbaar gevoeld in mijn leven.

En ik weet nog steeds niet wat ik Ravil en de jongens hierover ga vertellen. Ik wil Maxim negeren, maar ik weet dat dat niet zal lukken, dus typ ik de details in.

Drie gasten. Spraken Russisch. Ik heb met ze gevochten en ben ontkomen. Ik vertel hem niet dat ze me levend wilden.

Dat ik weet waarom.

Pavel leest mijn korte bericht hardop voor aan Maxim. Voor mij is het niet kort. Het is ongeveer het langste dat ik gewoonlijk kwijt kan in een bericht.

'Het zijn de drie kerels die Dima het land in heeft gevolgd.' Maxim slaat op het dashboard. 'Bel Dima en zeg hem dat hij de foto's naar mijn telefoon moet sturen.'

Ik herinner me nu dat Maxim Dima heeft laten zorgen voor tracking software om personen van belang te markeren op alle inkomende Russische vluchten, omdat hij bang was dat iemand van de Moskouse bratva Sasha zou proberen te vermoorden voor haar miljoenen. Als die klerelijers die me zaterdag probeerden te pakken recentelijk zijn overgekomen, zou Dima dat hebben opgemerkt. Ze waren geen Bratva, maar ze zouden toch alarmbellen kunnen doen rinkelen.

Pavel belt, en een paar momenten later trilt Maxims telefoon met de binnenkomende berichten. Ik open ze en knik dan naar Pavel. Maxim ziet het in de achteruitkijkspiegel.

'Fuck!' ontploft Maxim. 'Ik wist dat ze problemen zouden veroorzaken. Hebben ze iets gevraagd? Iets gezegd?'

Ik schud mijn bonzende hoofd. Mijn hart gaat tekeer. Maxim gelooft dat dit over Sasha gaat. Ik zou hem dat niet moeten laten geloven. Ik zou schoon schip moeten maken over mijn verleden.

Maar eigenlijk had ik dat twee jaar geleden al moeten doen toen Ravil me in de groep bracht. Ik kan het nu niet doen zonder dat ze allemaal mijn verraad voelen.

'Zijn alle drie weggelopen?' vraagt Pavel. Wat eigenlijk betekent: *heb ik ze echt pijn gedaan?* Helaas niet.

Ik haal mijn schouders op en knik.

En gelukkig eindigt daarmee mijn ondervraging. De jongens zijn zo gewend aan mijn zwijgzaamheid dat ze niet aandringen. Maxim heeft gehoord wat hij moest horen. Hij zal zijn bruid beschermen en systemen opzetten om deze gasten te vinden. Om de dreiging te elimineren.

Wat natuurlijk in mijn voordeel werkt. Totdat wie dan ook achter me aan zit een nieuw team stuurt.

Maxims telefoon gaat over, en Dima's naam verschijnt op het scherm. Dima is onze hacker. Er is niets wat die gast niet kan hacken of programmeren.

Ik geef de telefoon terug aan Maxim omdat ik het uiteraard niet kan beantwoorden. 'Dat waren de gasten,' bevestigt Maxim.

'Ik heb een locatie,' zegt Dima kort, puur zakelijk. Ravils organisatie is vlekkeloos en ordelijk - efficiënt. Pavel zat in het Russische leger. Ravil en Maxim zijn strategische genieën. Nikolai, Dima's tweelingbroer, is een bookmaker. Ik ben de spierkracht. De handhaver. Maar we zijn een team - de spaken van een wiel.

'Stuur het me.' Maxim draait zich om om naar me te kijken. 'Vind je het goed als we een omweg maken? Je hoeft niet mee naar binnen.'

Dat vind ik niet goed. Ik zal moeten overgeven zodra de Denali stopt, en ik verlang wanhopig naar een pijnstiller, maar natuurlijk knik ik. Deze klootzakken uitschakelen heeft de hoogste prioriteit. Hoe ik me voel is totaal irrelevant.

Maxim navigeert door het verkeer. Ik open de deur bij een rood licht om te kotsen, en hij vloekt in het Russisch.

'Misschien moeten we hem eerst terugbrengen,' zegt Pavel. Zijn pistool ligt op zijn schoot, de geluiddemper al vastgeschroefd.

Ik trek mijn hoofd terug in het voertuig, sla de deur dicht en zwaai dan ongeduldig met een frons.

Pavel haalt zijn schouders op. 'Oké. Hij wil mee.'

Het is geen lange rit. We komen bij een hotel en Maxim parkeert. Hij draait zich om naar mij, terwijl hij een geluid-demper op zijn eigen pistool schroeft. 'We zijn over tien minuten terug, oké, O?'

Ik knik.

'Ik zal ze laten boeten voor wat ze je hebben aangedaan.'

Ik geef geen antwoord. Het kan me eigenlijk niet schelen of ze lijden of niet. Ze voerden gewoon een opdracht uit. Mijn echte zorg is wie er achter hen zit.

De jongens zijn na zeven minuten terug. Maxim contro-leert in de spiegel en veegt enkele bloedspetters van zijn gezicht voordat hij het wapen onder de stoel opbergt en wegrijdt.

Pavel zit een paar minuten stil voordat hij vraagt: 'Denk je niet dat we hadden moeten uitvinden wie hen stuurde voordat we ze doodden?'

Een spier trekt in Maxims gezicht. Hij is gestoord-beschermend als het om Sasha gaat. Het heeft zijn besluit-vorming hierover beïnvloed. 'Ze wachtten op ons. Als we niet eerst hadden geschoten, zouden we nu dood zijn. Bovendien sturen we een verdomde boodschap. Iedereen die in de buurt van mijn vrouw komt, zal een snelle dood sterven.'

Pavel werpt me een blik toe om te zien of ik het met hem eens ben.

Natuurlijk ben ik dankbaar dat ze er niets uit hebben gekregen. Als dat wel zo was, zou ik nu misschien een van die pistolen op mijn hoofd gericht zien, dus ik haal gewoon mijn schouders op.

Het werkte voor mij. Ik moest die klootzakken uit beeld hebben en weg van Story.

De rest van de shit kan ik later afhandelen.

Ik stem mijn elektrische gitaar en loop dan snel door de akkoordwisselingen om mijn vingers op te warmen. Het is vrijdagmiddag, en de Storytellers zijn in de Lounge voor de wekelijkse repetitie. Als Rue ons hier niet gratis liet oefenen gedurende de dag, zouden er geen Storytellers zijn. Daarom zal Rue's Lounge altijd onze thuisbasis zijn. Mensen vragen me soms waarom we niet proberen uit te breiden - optredens krijgen op andere plaatsen, roteren waar we spelen.

We zouden het kunnen doen. We zouden misschien zelfs meer geld verdienen. Misschien zouden we een grotere aanhang opbouwen. Maar Rue's heeft ons gelanceerd. We hebben hier onze basis van ondersteuning opgebouwd. We zijn net zo loyaal aan de eigenaresse als zij aan ons is.

'Waar is de setlist?' vraagt Flynn me.

Mensen denken dat het mijn band is vanwege de naam, maar het is eigenlijk Flynn's band. Flynn en zijn vrienden kwamen na de middelbare school samen, vormden een band en hadden toen een leadzanger nodig. Ze dachten dat een vrouw hen veel cooler zou maken dan een band met alleen jongens. Mijn naam paste natuurlijk gemakkelijk bij een bandnaam.

Misschien is het wel mijn band. Ik bedoel, ik ben de oudere zus en creatief leider. Maar ik denk er nooit zo over. Ik geloof sterk in samenwerking. Daar gebeurt de magie. Met de Storytellers heb ik vaak het gevoel dat ik gewoon mee rijd.

'Dus wat is er gebeurd met Stille Boris zaterdagavond?' vraagt Flynn.

Ik draai mijn hoofd om en kijk hem woedend aan, onkarakteristiek gespannen. 'Noem hem niet zo.'

'Serieus, maat. Die gast ziet eruit alsof hij een man met zijn blote handen kan doden zonder te zweten,' zegt Lake.

'Ik denk eigenlijk dat hij dat heeft gedaan,' beaamt Ty. 'Als ik niet had gezien hoe hij naar Story kijkt, zou ik doodsbang voor hem zijn.'

Flynn kijkt echter naar mij. Zijn mond wordt een brede grijns. 'Dus je hebt eindelijk de deal gesloten met je Russische lijfwacht, huh?' Hij heeft die zangerige, feliciterende toon die me nog meer irriteert.

'Hou je mond. Doe niet zo idioot.' Nu klink ik echt niet als mezelf. Verdorie.

De jongens staren me allemaal met interesse aan. Het is niets voor mij om me druk te maken over dingen. Ik ben zo wispelturig, volg de energie, en ontspannen als het maar zijn kan. Maar de afgelopen vier dagen sinds Olegs vrienden hem kwamen ophalen, zijn een marteling geweest. Eindeloos lang. Vol met vragen. Leeg. Ik heb me zorgen gemaakt om Oleg. Maar meer dan dat, Oleg bij mij thuis heeft iets in me veranderd.

Ik mis hem. Verlang naar meer tijd met hem.

Al die dingen zijn zo anders dan ik.

Wat me wanhopig doet verlangen naar hoe het was vóór dit alles. Naar zweven door het leven zonder me ergens druk om te maken. Vooral niet om een man.

'Wacht.' Flynn wordt plotseling serieus en bestudeert me bezorgd. 'Is er iets ergs gebeurd?'

Nu vraagt die klootzak het. Het is een mooie tijd om plotseling bezorgd te zijn om mijn welzijn, terwijl hij degene was die met twee meisjes vertrok en me vertelde Oleg te laten rijden.

'Nee!' Ik gooi mijn plectrum naar hem.

Hij ontwijkt het, zijn piraten grijns verspreid over zijn gezicht. 'Oh mijn God... je vindt deze gast echt leuk!'

'Nee,' spot ik. Ik doe zéker niet *dat*. Niet de relationele boemerang die onze moeder ons als kinderen aandeed. Verliefd worden. Uit elkaar gaan. Rouwen. In een depressie storten. Zichzelf laten opnemen in psychiatrische instellingen. Het was een eindeloze cyclus van liefdevolle en gebroken harten. Zij en mijn vader gingen negen keer uit elkaar en kwamen weer bij elkaar toen ik klein was. Toen ze eindelijk van hem scheidde omdat hij een bedriegende klootzak was, dachten we dat de dingen zouden kalmeren, maar dat gebeurde niet. Ze creëerde hetzelfde drama met een reeks nieuwe mannen.

Ik ben niet zoals zij. Ik ben het tegenovergestelde. Ik hang rond met een jongen. We hebben een avontuurtje. Dingen worden vreemd. Ik ervaar deze innerlijke drang, deze rusteloosheid die me vertelt dat ik de dingen moet beëindigen voordat ze verder gaan.

Flynn is een totale man-hoer. Ik ben niet zo. Ik ben niet alleen uit op seks. Ik verlang wel naar een echte verbinding. Ik moet de jongen leuk vinden, de vonk voelen, hem vermakelijk en slim vinden. Maar ik weet het niet, na een paar maanden begin ik me jeukerig te voelen en voel ik me opgesloten. Ik vind altijd wel iets dat me doet verlangen het te beëindigen.

Dahlia, onze jongste zus, is de enige van ons drieën die lijkt te weten hoe ze in een duurzame relatie moet zijn. Zij en haar middelbare schoolvriendje gingen samen naar de universiteit in Wisconsin en zijn nog steeds samen.

'Wacht, dus is er iets gebeurd?' Flynn laat het gewoon niet rusten. Ik wil nu echt hem een schop onder zijn kont geven.

Al mijn drie bandleden staren me verwachtingsvol aan. Ze gaan me deze vraag niet laten ontwijken.

'Ja!'

Ze grijnzen allemaal naar me als idioten.

'En?' dringt Lake aan. Ik ben er vrij zeker van dat hij en Ty altijd met me wilden afspreken maar weten dat ik geen interesse heb en ook dat Flynn hun kont helemaal naar Tokio zou schoppen.

'Waarom gedragen jullie je nu als *meiden?'* eis ik. 'Sinds wanneer deel ik mijn seksleven met jullie?'

'We gedragen ons als kerels. Dit is kleedkamer praat. Jij bent degene die met jongens omgaat, Story,' herinnert Flynn me.

Het is waar. Gewoon door de hoeveelheid tijd die we samen doorbrengen, zijn deze jongens mijn beste vrienden geworden.

Ik moet echt vaker uitgaan.

En die gedachte produceert onmiddellijk meer gedachten aan Oleg. Omdat hij degene is die mijn ritme heeft veranderd. Mij uit mijn spel heeft gegooid. Hij heeft een gevoel van leegte en verlangen achtergelaten waar ik moeilijk van kan herstellen.

Ik ben wel begonnen met het schrijven van een nummer. Een heet, duw-me-tegen-de-muur soort nummer. Maar ik ben nog niet klaar om het te onthullen.

'Het was heet,' geef ik toe.

'No shit.' Ty probeert nonchalant te klinken, maar er zit een trilling in zijn stem alsof hij teleurgesteld is om het te horen.

'Blister in the Sun,' zeg ik om het onderwerp af te sluiten

en met de repetitie te beginnen. Ik tokkel het begin van het Violent Femmes-nummer op mijn gitaar.

'Wacht even.' Ty haast zich om zijn drumstokken te pakken, bijna de cue missend.

En dan zitten we erin. De muziek. Het ding waar we allemaal dol op zijn. Het is onze verslaving en ons leven.

Ik weet niet waarom het plotseling niet meer genoeg voelt.

HOOFDSTUK 5

Story

Hij kwam niet.

Ik scan de zaterdagavond menigte voor de achtste keer, op zoek naar mijn grote Rus.

Hij is hier niet. Ik kan het niet geloven.

'Hoe gaat het vanavond met jullie allemaal?' vraag ik aan het publiek, terwijl ik doe alsof ik enthousiast ben om bij hen te zijn.

Er is al een behoorlijke groep vaste bezoekers, en ze juichen hun welkom met overdreven enthousiasme. 'Story! We houden van je!'

Ik lach in de microfoon. 'Ik hou ook van jullie.'

Ik heb geen zin om de setlist te spelen die ik heb samengesteld. Bij Rue's spelen we meestal een mix van covers en eigen nummers. We hebben genoeg eigen liedjes om een volledig originele show te doen, en dat doen we ook als we op andere plekken geboekt worden, maar elke zaterdag op dezelfde plek spelen wordt eentonig. Mensen horen graag covers ertussendoor. Daar raken ze enthousiast van.

Mijn vingers spelen een paar noten op mijn elektrische gitaar.

Flynn lacht zachtjes in zijn microfoon. Hij herkent het nummer nog voordat ik het zelf doe.

Verdomme. Het is 'Paint it Black' van de Rolling Stones.

Ik ben niet zo teleurgesteld door Olegs afwezigheid. Maar de liedkeuze zegt wat anders. Ik haal mijn schouders op en ga ervoor, ook al zal de rest van de band niet weten wat we in hemelsnaam aan het doen zijn. Wij tweeën groeiden op met invallen in de classic rock coverband van onze vader. Daarom hebben we een enorm repertoire om uit te putten.

Ty en Lake sluiten snel aan terwijl ik hen door mijn versie van het nummer leid, wat ons groeiende publiek wild maakt - mogelijk omdat ze kunnen zien dat we het ter plekke verzinnen. Mensen willen deel uitmaken van de show. Het gevoel hebben dat ze je kennen. Alsof we vrienden zijn.

Ik weerhoud mezelf ervan om te kijken naar de tafel waar Oleg zou moeten zitten. Die is nu bezet door een groep vaste klanten die ik herken.

Ergens wist ik toen hij vertrok dat hij vanavond niet zou komen, en toch doorboort zijn afwezigheid me als een mes in mijn buik. Hij is waarschijnlijk nog aan het herstellen. Hij is te duizelig om te rijden. Zijn hoofd doet te veel pijn voor de luide muziek.

Ik weet al die dingen, en het zijn volkomen redelijke verklaringen voor zijn afwezigheid, maar mijn emoties zijn ontregeld. Ze zijn helemaal niet volkomen redelijk.

Ik ben onbehouwen en behoeftig geweest sinds hij vertrok. Bezorgd om hem. En ik ontdek nu dat hij er niet is - de uitkomst waarvan ik zeker was dat ik die zou krijgen - voel ik me in de steek gelaten. Dit is precies waarom ik niet graag op mensen vertrouw. Mijn ouders hebben me deze les heel goed geleerd. Ze hielden van me, maar ze hadden hun eigen demonen. Er zijn op de manier waarop ik hen nodig had, zat er gewoon niet in.

Maar Oleg... hij was betrouwbaar. Als een klok, elke zaterdag.

Hij zei dat hij er zou zijn.

Ik weet dat hij niet kon bellen. Zijn telefoon ligt nog steeds in stukjes in mijn badkamer prullenbak. En hij heeft nooit om mijn nummer gevraagd.

Maar dat stoort me ook. Hij had het kunnen proberen. Natuurlijk typt hij niet in het Engels. Dat was ik vergeten. Ugh! Het feit dat ik al deze hersencapaciteit hieraan besteed terwijl ik midden in mijn optreden zit, maakt me woedend.

Ik schakel terug naar de geplande playlist, en we komen vlekkeloos door de eerste set. Voor mij voelt alles vlak, maar het publiek lijkt het niet te merken. Sterker nog, ze zijn uitbundiger dan normaal. Er hangt een feestelijke, party-achtige sfeer in de zaak, en toch heb ik een ongemakkelijk gevoel, alsof ik bekeken word. Niet het aangename gevoel dat Oleg naar me kijkt. Iets sinisterders. Ik scan de plek en zie een man met een slordig baardje en een leren bomberjack in de hoek staan die niet lijkt te passen. Hij glimlacht niet en praat met niemand. En hij staart me op een griezelige manier recht aan. Hij is het soort man dat ik nooit in mijn appartement zou laten voor een gitaarles.

Ik betrap mezelf erop dat ik wou dat Oleg hier was om weer mijn nepvriendje te spelen.

Echte vriendje, fluistert een stemmetje in mijn hoofd, maar ik verzet me tegen dat idee. Want echte vriendjes blijven niet, en ik wil dat Oleg blijft.

Rue zwaait me vanaf achter de bar naar zich toe als ik van het podium stap om pauze te nemen. Ik ontmoette de eigenares met hanenkam via een gemeenschappelijke vriend toen de Storytellers nog maar net begonnen. Ze nodigde ons uit om te komen spelen. Iedereen had plezier, dus nodigde ze ons uit om weer te spelen. Al snel waren we een maandelijks optreden, daarna wekelijks. Rue's transformeerde met ons - ons publiek werd hun publiek en vice versa.

Het is een hip, eclectisch publiek, evenveel hetero als homo, veel goede wil, en hier en daar wat drugs. Op vrijdagavonden hebben ze een burlesque show die ook zijn eigen speciale dingetje is geworden.

Ik wring me door de menigte naar haar toe, en accepteer felicitaties en begroetingen onderweg totdat ik bij de bar kom en een stamgast van zijn kruk glijdt om die aan mij aan te bieden. 'Jij moet zitten. Ik stond toch al op het punt weg te gaan,' zegt hij tegen me.

Rue overhandigt me een flesje water. 'Jullie zijn vanavond on fire.'

'Echt?' Het voelde niet zo. Is dat niet altijd zo? De keren dat ik het hardst mijn best doe, zijn de keren dat het publiek me alleen maar aanstaart. Of erger - me negeert. Maar op de avonden dat ik op de automatische piloot ga, houdt iedereen van ons.

'Waar is je grootste fan?' Rue steekt haar kin op naar Olegs gebruikelijke tafel. 'Die enorme, stille man die naar je kijkt alsof hij je als avondeten wil verslinden?'

Ik betrap mezelf erop dat ik naar de deur kijk, alsof Oleg elk moment kan verschijnen. 'Ik weet niet waar hij is.' Ik ga natuurlijk niet uitleggen dat mijn grootste fan waarschijnlijk in de Russische maffia zit en vorige week voor mijn appartement is neergeschoten.

Het is grappig hoe niets daarvan mijn maag zo laat draaien als mijn verlangen om hem weer te zien. Het lijkt bijna alsof mijn lichaam verlangt naar zijn fysieke aanwezigheid. Ik wil op zijn schoot zitten. De klap van zijn hand op mijn kont voelen. Het gewicht en de hardheid van dat grote, sterke lichaam weer tegen het mijne.

En het feit dat hij niet kwam? Bewijst dat seks met hem hebben een vergissing was.

Oleg had het betrouwbare ding in mijn leven moeten zijn. De man die altijd als een klok verschijnt. De enige constante in mijn chaotische universum.

Maar nu hadden we seks, en het is voorbij. Het constante werd inconstant.

Rue gaat weer drankjes maken, en ik zit, terwijl ik de gesprekken afweer die mensen om me heen proberen te beginnen.

Ik zit zo lang dat Flynn me komt ophalen voor onze volgende set - wat vreemd is omdat ik meestal degene ben die achter de jongens aan zit om terug het podium op te gaan.

Ik ga het podium op, werp een laatste boze blik naar de deur en begin aan de laatste set.

OLEG

Sluitingstijd. Ik kan het verdomme niet geloven. Ik heb in negen maanden niet meer dan één zaterdagavondshow bij Rue's gemist, en dat was om naar Maxim en Sasha's bruiloft op locatie te gaan.

Ik zit op de parkeerplaats en kijk naar de achterdeur. De bestelwagen van de band staat nog achter geparkeerd, en Story's Smart ook, dus ik weet dat ze nog binnen zijn. Ik wacht gewoon tot ik zie dat ze veilig in haar auto stapt.

Ik heb het grootste deel van de week in bed doorgebracht, herstellend. En vanavond... ik heb me gewoon verslapen. Ik ging vanmiddag liggen om mijn pijnlijke hoofd te laten rusten, zonder ook maar te denken dat ik niet op tijd wakker zou zijn voor Story's show. Ik zette geen wekker omdat ik dacht dat ik die niet nodig had. Ik zou eerder een long doorboren dan een show missen.

Maar toen ik wakker werd, doorweekt van het zweet met een mistig, pijnlijk hoofd, was het al middernacht. Ik moest me snel douchen en haasten om hier naartoe te rijden. Ik zou hier niet moeten zijn. Ik heb geen idee wie er mannen op me afstuurt of hoe ze me de eerste keer hebben opgespoord. Ik zou moeten vertrekken voordat ik mijn *lastochka* in gevaar breng. Maar ze leek echt te willen dat ik hier zou zijn, en de gedachte om haar teleur te stellen maakt me kapot.

Ik knipper, in een poging mijn gedachten op een rijtje te krijgen.

Story komt alleen naar buiten. Haar schouders zijn gebogen, en ze loopt snel naar haar auto. Het is niets voor haar - ze wordt meestal omringd door vrienden en fans. Jongens en meiden die met haar naar bed willen. Vrienden die denken dat ze cool is. Mensen die haar op hun afterparty willen hebben om die te laten slagen.

Vanavond is er geen glimlach op haar gezicht. Geen cocon van mensen om haar heen.

Verdomme. Ik heb haar teleurgesteld.

Alsof ze me aanvoelt, draait haar hoofd en kijkt ze recht door mijn voorruit. Er zit een beschuldiging in haar blik. Alsof ze pissig is dat ik niet ben gekomen. Die gedachte blaast door me heen, recht in mijn ruggengraat, het doet mijn borstkas opzwellen.

Ik ben uit de Denali voordat ik er zelfs maar over nadenk, maar het gaat onmiddellijk fout.

Een man in een bomberjack met een baard die wel wat bijgewerkt moet worden, komt tevoorschijn uit een schaduwrijke hoek achter haar. 'Stap in de auto of je vriendinnetje is dood.' De Russische woorden zijn voor mij. Het pistool is gericht op Story's hoofd. Ik steek langzaam mijn handen in de lucht. Kijk om me heen. Een auto komt met hoge snelheid aanrijden en stopt tussen mij en de *mudak* met Story.

Ik zie één man achter het stuur, een andere op de passagiersstoel. Ik open langzaam de achterdeur van de auto. Niet omdat ik instap, maar om te controleren hoeveel mannen ik moet doden.

Het is leeg. Makkelijk. Ik moet alleen wachten tot dat pistool weg is bij Story's hoofd. Ik neem geen risico's als het om haar gaat.

Ik zal wachten tot we in de auto zitten om ze allebei te doden.

Behalve dat die lul lijkt te weten wat belangrijk voor me is, want hij grijpt Story bij haar arm en brengt haar naar de auto. 'Stap in,' blaft hij in zwaar geaccentueerd Engels. Hij maakt geen aanstalten om de deur voor haar te openen.

Ze kijkt me aan met paniek in haar ogen, en ik probeer kalmte uit te stralen. Ik laat ze haar niet meenemen. No fucking way. Ik zal mezelf in een hartslag opofferen voordat ik iemand een haar op haar hoofd laat krenken.

Dat is natuurlijk waar ze op rekenen. Ik weet zeker dat het plan is om Story te martelen om mij te laten praten. De identiteit van elke cliënt prijsgeven waarin Skal'pel' heeft gesneden.

Fuck! Hoe kon ik haar in deze shit betrekken?

Story trekt aan de hendel. Ik pak mijn pistool, houd het verborgen achter mijn rug. Onze ogen ontmoeten elkaar door de achterbank van de auto.

Ik heb alleen het juiste moment nodig.

Een afleiding. Het pistool weg van Story.

Mijn mooie, prachtige, dappere zwaluw leest mijn gedachten. Ze ramt haar gitaarkoffer in de buik van haar ontvoerder. Ik schiet over de achterbank, en schiet vervolgens op de man op de voorste passagiersstoel.

Ik heb de keel van de bestuurder in mijn hand. Ik breek zijn nek.

Ik sluit de achterdeur en veeg mijn vingerafdrukken van de hendel. Rennend naar de andere kant duw ik het lichaam van Story's ontvoerder op de achterbank, sluit de deur en veeg ook die vingerafdrukken weg.

Story deinst achteruit, de schok staat nog steeds bevroren op haar gezicht. Haar ogen zijn twee keer zo groot als normaal.

Fuck!

Ik wijs naar mijn Denali, biddend dat ze niet van me weg zal rennen, maar tot mijn opluchting rent ze naar de Denali en stapt in. Ze vertrouwt me nog steeds. Zelfs na wat ze net heeft gezien.

Ik draai het raam aan de bestuurderskant naar beneden, zet de auto in de versnelling en duw de voet van de bestuurder op het gaspedaal. Vervolgens stuur ik door het raam om de auto uit de parkeerplaats van Rue te krijgen. Als ik hem in de steeg heb, richt ik hem de straat op, joggend met hem mee voor een halve straat tot ik zeker weet dat hij recht-door blijft gaan op een grote weg.

Ik draai me om en zie koplampen achter me, maar het zijn mijn eigen Denali's koplampen, met Story achter het stuur.

Dat is mijn meisje.

Ik ren erheen, gooi de bestuurdersportier open terwijl zij naar de passagiersstoel klimt, acrobatisch als altijd.

Nog nooit heb ik zo de behoefte gevoeld om te spreken. Ik reik over en pak Story's hand terwijl ik daar weg scheur, achteruit de steeg uit rijdend met mijn lichten uit totdat ik de buurt uit ben.

Het feit dat ze niet gesproken heeft, maakt me doods-bang. Ik weet zeker dat ze in shock is. Ik kan niet zeggen hoe fucking dankbaar ik ben dat ze uit eigen beweging in mijn Denali is gestapt.

Want als ze dat niet had gedaan, had ik haar moeten dwingen. Story is niet langer veilig. Dat is duidelijk. Want ik weet niet of ik vanavond de echte dreiging heb geëlimineerd of gewoon een andere ingehuurde bende.

Story's ogen zijn groot, en haar adem gaat raspend in en uit, maar ze draait haar nek, kijkend over haar schouder. Ze is niet volledig afgesloten.

Ik wil haar vertellen dat het oké is.

Ik zal niemand toestaan om haar pijn te laten doen.

Ik wil dat ze met me meegaat om een tijdje onder te duiken.

Ik wil zeggen dat het me spijt. Zo verdomd veel spijt. Niets overtreft mijn verdriet dat ik haar op deze manier in gevaar heb gebracht. Ik heb haar een doelwit gemaakt. Het is onvergeeflijk.

'Waar gaan we heen?' vraagt ze een keer.

Ik antwoord met wat ik hoop dat een geruststellend kneepje in haar hand is. Haar telefoon gaat, maar ze neemt niet op.

Ik rij rechtstreeks naar mijn plek in Ravil's gebouw - wat de buren 'het Kremlin' hebben omgedoopt omdat het hele gebouw vol zit met Russen. Als ik parkeer en de auto uitzet, draait Story zich naar me toe. Haar gezicht is bleek en serieus.

'Ga je me vertellen wat er aan de hand is?'

Fuck.

Ik stap uit en loop om haar portier te openen, maar ze is al uitgestapt, de riem van haar gitaar om haar schouder.

Ik neem haar gezicht in mijn handen en kijk naar beneden in het hare, strijk met mijn duimen over haar wangen.

Ze knikt. 'Het gaat wel.'

Fuck. Haar gedachten-lezen maakt me alleen maar honderdduizend keer meer verslaafd aan haar.

Ik haal opgelucht adem en knik terug. Ik neem haar hand en leid haar naar de rij liften, swipe mijn kaart die me toegang geeft tot de bovenste verdieping. De penthouse-suite die Ravil deelt met zijn cel.

Sinds hij in november een zoontje kreeg, wacht ik erop dat Ravil ons allemaal eruit schopt - dat hij ons naar een andere verdieping verhuist, zodat hij het penthouse voor zijn nieuwe gezin kan gebruiken. Maar blijkbaar vindt zijn nieuwe vrouw Lucy het niet erg.

De andere pasgetrouwden - Maxim en Sasha - lijken het gemeenschappelijke leven ook niet erg te vinden. Wat, eerlijk gezegd, alleen maar beter is voor mij. Het is moeilijker om te verdwijnen in een kleinere groep, en verdwijnen is zeker mijn spel.

Mijn suite heeft een eigen ingang vanaf de lifthal, wat goed is omdat het laat is. Zelfs als dat niet zo was, zou ik Story nu niet willen blootstellen aan de chaos van de groep.

Ik denk dat de privé-ingang moet compenseren voor het feit dat ik geen uitzicht heb op het meer, niet dat het me iets kan schelen. Mijn ramen van vloer tot plafond kijken uit over de stad.

Ik swipe mijn keycard door het slot en duw de deur open. De jaloezieën zijn dicht, en de suite is donker.

Story stapt naar binnen, en ik doe een lamp aan zodat ze kan zien waar ze is. Alles in het penthouse is duur en smaak-vol, maar de decorateur die Ravil had ingehuurd, begreep dat ik niet geïnteresseerd was in iets fancy, dus ze heeft het grotendeels leeg gelaten. Er is een minimalistisch king size platform bed, laag bij de grond, en een grote gewatteerde stoel. De bijzettafels en ladekast zijn mid-century modern teak. Er staat een kleine tafel met twee stoelen voor het raam. Het is waarschijnlijk allemaal duur - ik weet het niet. Het kan me niets schelen. Het is een plek om te slapen - dat is alles wat voor mij belangrijk is.

'Is dit jouw plek?' Ze kijkt naar me op.

Ik knik.

Ze lijkt nog steeds geschokt en stijf. Ik kan het niet verdragen. Ik zou verdomme alles doen om wat er zojuist is gebeurd ongedaan te maken. Wat ze me heeft zien doen.

Fuck!

Ze zet haar akoestische gitaar neer en doet haar wijnrode wollen jas uit, en drapeert die over de hals van de koffer. 'Waar is de keuken?'

Ik trek mijn wenkbrauwen op en doe alsof ik eet.

'Nee, ik heb geen honger. Ik vind het gewoon raar dat je er geen hebt.'

Ik knik. Ik weet niet hoe ik moet beginnen uit te leggen dat ik met zeven en een half andere mensen woon - zes Russen, één Amerikaan en een baby genaamd Benjamin.

Ze schopt haar legerkisten uit en loopt naar de badkamer. Ze draagt een micro-mini rokje van ribfluweel, rafelig aan de randen, met daaronder een lichtroze panty. Bovenaan draagt ze een strak T-shirt met een regenboog over haar borst en afgesneden mouwen. Ik denk dat het misschien van een kind was voordat het van Story werd.

'Wow. Dit is... prachtig.' Ze opent de douchedeur en neemt de gigantische douche in zich op. Ze zet het water aan en kijkt over haar schouder naar me. 'Ziet eruit alsof er ruimte is voor twee.'

Het klinkt niet flirterig, ze klinkt bijna... kwetsbaar.

Ze heeft me nodig. Het is mijn taak om voor haar te zorgen. Ik volg haar naar binnen, trek mijn kleren uit terwijl ik loop. Ze laat haar rok op de grond vallen aan haar voeten en wiebelt uit haar panty. Ik trek het T-shirt over haar hoofd en maak haar beha los. Ik voel niet de agressie die ik de vorige keer voelde. De wilde storm van lust die me ruw en grof maakte bij haar. Deze keer is de behoefte om voor haar te zorgen te sterk.

Ze heeft me net drie mannen zien doden. Ze heeft dat gezien, en ze is nog steeds hier bij me. Ze heeft er niet tegen geprotesteerd dat ik haar hierheen bracht, en ze heeft niet geprobeerd weg te gaan.

Ze vroeg me met haar mee de douche in te gaan.

Maar ze is niet oké. Dat weet ik in mijn botten, en mijn behoefte om haar te kalmeren komt eerst.

Ik weet dat ik gelijk heb, als ze zich gewoon omdraait en de douche instapt. Het is alsof ze de gebeurtenissen van de avond wil afspoelen. Ik kleed me verder uit en stap achter haar aan, en sluit de deur.

Ik dring me niet aan haar op, maar ze komt naar me toe, haar vingers glijden over mijn behaarde borst.

'Waarom kwam je vanavond niet?' vraagt ze.

Ik krimp ineen, de vraag raakt me als een stomp in mijn maag. Ik had mezelf proberen te overtuigen dat ik niet belangrijk genoeg was voor Story. Dat ze niet gekwetst zou zijn door mijn afwezigheid vanavond, maar dat was ze duidelijk wel. Ik laat mijn vingertoppen over haar gezicht gaan, volg de waterdruppels over haar neus, dan haar lippen.

'Was het vanwege die mannen?'

Fuck. Ik wil haar niet vertellen dat het was omdat ik me heb verslapen. En natuurlijk heb ik geen manier om haar de woorden te geven, zelfs als ik ze had. Ik stap in haar ruimte, loop haar langzaam achteruit tot ze tegen de zachte kwarts muur stoot. Mijn handen glijden licht over haar armen. Eén hand legt zich op haar middel, de andere wikkelt zich achter haar nek. Ik leun met mijn voorhoofd tegen het hare.

'Het spijt je,' mompelt ze, terwijl ze weer mijn gedachten leest.

Ik knik.

Wanneer ze opkijkt, zijn er tranen in haar ogen. 'Ik ben

bang, Oleg.' Ze haalt een gesnikte adem naar binnen. 'Ik weet niet wat er gebeurt, en je kunt het me niet vertellen.'

Ik sla mijn armen om haar heen, en ze drukt haar wang tegen mijn borst, huilend. Ik hou haar vast tot haar tranen bedaren. Het duurt niet lang. Ze snuift en duwt me zachtjes terug. Ik pak de zeep op en rol hem in één hand, begin dan voorzichtig één van haar armen in te zepen tot aan haar handen, waar ik elke eeltige vingertop masseer. Ik draai haar om en was haar rug, masseer stevig haar nek, strijk langs haar zijkanten, grijp haar bil bezitterig vast.

Ze kreunt zachtjes. 'Ja.'

Ik zeep de andere schouder en arm in, dan beide borsten, druk mijn dij tussen haar benen en pin haar tegen de douchewand. Ik trek haar hoofd naar achteren met mijn hand om haar natte haar. Ze opent haar mond. Onze lippen verbinden zich voor een verschroeiende kus en we komen dan weer uit elkaar.

'Ik gebruik de pil,' mompelt ze.

Ik controleer haar gezicht om er zeker van te zijn dat ik de juiste boodschap krijg.

'Ben je schoon?'

Ik knik. Brandschoon. Ik heb maar twee keer seks gehad sinds ik uit de gevangenis kwam, en beide keren droeg ik een condoom.

'Ik ook.' Ze reikt naar mijn pik.

Ik was niet van plan om daar heen te gaan tenzij ik zeker wist dat ze het nodig had, maar blijkbaar heeft ze dat.

Ik bedwing haar met mijn erectie in één snelle beweging. Bloot in haar zijn is een nog ongelofelijker niveau. Maar dit is niet voor mij. Het is voor haar. Ik moet mijn *lastochka* geven wat ze nodig heeft.

Ze hijgt, heft één been om mijn middel, klampt zich vast aan mijn schouders voor stabiliteit. Ik vul haar, pomp in en uit, haar huid onder mijn handen een vorm van aanbidding.

Haar adem gaat raspend. Haar blik blijft op mijn gezicht, wat het moment intenser maakt. Ze zoekt naar iets. Verbinding? Waarheid? Vertrouwen?

Ik wou dat ik verdomme wist hoe ik het haar kon geven. Alles wat ik weet zijn onze lichamen, zo goed samen. Onze huid, nat en glad. De verbondenheid van deze daad, dit samenkomen voor wederzijdse bevrijding. Ik weet dat ik dit net zo hard nodig heb als zij, ook al zou ik mezelf graag het plezier ontzeggen als dat zou betekenen dat ik kon ongedaan maken wat er vanavond is gebeurd.

Ik bewerk haar billen in mijn handen, masseer ze, streel tussen haar billen. Druk tegen haar anus.

Haar ogen vliegen open van verrassing, en haar heupen stoten uitzinnig, nemen me dieper, ontmoeten mijn stoten.

Vind je dat lekker? Wil je mijn vinger in je kont terwijl ik je laat klaarkomen?

Dat zou ik zeggen als ik gewoon een vunzige taal kon gebruiken bij mijn meisje.

Ik buig mijn nek om mijn lippen met die van haar te versmelten, drink haar hijgen in terwijl ik mijn vingertop in haar anus werk. Wanneer haar hoofd naar achteren buigt, kus ik haar keel en pomp zachtjes mijn vinger in en uit, tot aan het eerste kootje van mijn vinger terwijl ik haar heupen gevangen houd en in haar stoot.

Ze stort als een kaartenhuis in elkaar - en werpt zichzelf volledig in mijn armen, beide benen strak om mijn middel gewikkeld terwijl ze klaarkomt. Haar nagels krassen over mijn nek en schouders, het samentrekken van haar spieren rond mijn pik brengt mijn eigen orgasme teweeg. Ik blijf diep maar wrijf haar clitoris op en neer over mijn liezen, mijn erectie gespannen bij elke kleine stoot. Ik kom in haar, en zij knijpt nog meer, melkt mijn pik uit voor zijn zaad. Ik hou er fucking van dat ik alles kan voelen. Dat ik in haar ben zonder enige barrières tussen ons.

'Oleg.' Ze klinkt gebroken.

Ik zet haar niet neer. Ik wil haar nooit meer neerzetten. Ik haal mijn vinger voorzichtig uit haar kont en was ons beiden onder het water, draag haar dan uit de douche, nog steeds om mijn middel gewikkeld. Ik pak een handdoek en trek die strak om haar rug en billen, gebruik hem om haar tegen mijn lichaam te houden. Voorzichtig, alsof ze van glas is gemaakt, zet ik haar billen op het badkamermeubel, de handdoek zacht onder haar billen gestopt, en ik gebruik de uiteinden om haar gezicht droog te deppen. Haar make-up heeft vlekken achtergelaten onder haar ogen, maar ik weet niet wat ik daaraan moet doen. We zoeken het morgen wel uit.

Ik laat de hoek van de handdoek tussen haar borsten door en over haar buik glijden, wikkel beide kanten omhoog om haar dijen te drogen, en dan trek ik haar terug in mijn armen, wikkel de handdoek om haar rug en draag haar naar mijn bed.

Story is de hele tijd stil, kijkt me aan met haar grote, bruine ogen. Ik leg haar voorzichtig neer en doe het licht uit voordat ik naast haar ga liggen. Het chaotische gebonk in mijn borst wordt gesust wanneer ze zich onmiddellijk tegen me aan rolt, haar lichaam tegen mijn zijkant vormt, haar natte hoofd op mijn schouder legt.

'Je bent warm,' mompelt ze.

Ze heeft gelijk, ik sta in brand. Maar het enige waar ik om geef is Story vasthouden.

HOOFDSTUK 6

Story

Wanneer ik wakker word, herken ik even niet waar ik ben. De zachte lakens, het warme bed. Het gevoel van comfort. Er is een gevoel van veiligheid en van de aanwezigheid van een ander, maar ik kan het me niet precies herinneren...

Ik open mijn ogen, en alles komt weer terug.

Oleg.

Het is verbazingwekkend hoe troostend zijn aanwezigheid voor me is. Aardend. Solide. Wanneer ik bij hem ben, lijkt de chaos in mijn hoofd te verstommen.

Oleg is al op en aangekleed, zittend aan een tafel bij de gordijnen. Een zak van de lokale broodjeszaak staat op tafel, samen met een beker koffie to-go. De geur haalt me uit bed.

Ik wil niet denken aan gisteravond.

Het pistool tegen mijn hoofd.

De drie mannen die Oleg heeft gedood. De problemen waarin hij moet zitten. Ik weet dat ik antwoorden moet eisen — we gaan hoe dan ook een manier vinden om te communiceren — maar een deel van me is niet zeker of ik wel wil weten waar hij bij betrokken is.

Ik was getuige van moord gisteravond.

Ik wil niet eens denken aan alle verschrikkelijke dingen die dat zou kunnen betekenen. Nu, zonder Olegs verhaal te kennen, kan ik mijn eigen sprookje ervan maken. Hij is de onschuldige die wordt opgejaagd. Hij deed wat hij moest doen om mij te beschermen, het meisje van wie hij houdt, omdat ik er middenin verzeild raakte.

Dat is de mooie manier waarop ik het verhaal wil vertellen.

Dit is wat ik altijd doe. Ik leef in het gebied tussen fantasie en werkelijkheid. Mijn leven is nooit gestructureerd en georganiseerd geweest. Ik had het tegenovergestelde van wat je een "stabiel thuisleven" zou kunnen noemen. Er was liefde — zoveel liefde — maar het was niet stabiel.

Maar wat als het lelijker is dan dat? Wat als Oleg de schurk in het verhaal is?

Nee.

Dat is hij niet. Dat weet ik uit het diepste van mijn ziel. Niet de man die me aanraakt alsof ik het kostbaarste in het universum ben. Die naar me kijkt alsof ik het enige andere wezen in de wereld ben. Hij kan niet slecht zijn.

Net zoals mijn moeder niet slecht is vanwege al haar zenuwinzinkingen, inwonende vriendjes en slechte breuken. En mijn vader is niet slecht omdat hij teveel drinkt, met elke band groupie slaapt die in zijn leven kwam, en zijn kinderen op de laatste plaats zet.

Ik heb mijn hele leven in totale chaos geleefd. Ik denk dat dat is waarom ik er nu voor kies om alleen te wonen. Omdat mijn gedachten rommelig en ongeorganiseerd zijn en meestal verlies ik mezelf volledig wanneer ik iemand anders aan de mix toevoeg. Behalve dat dit niet lijkt te gebeuren met Oleg. Misschien omdat hij niet praat. Ik wil dat niet als een pluspunt zien, maar hij voegt niet alleen niets toe aan het lawaai, *hij absorbeert het.*

Nu ik het heb geïdentificeerd, weet ik zeker dat dat is waarom het zo geweldig was om hem bij mijn optredens te hebben. Hij gaf me op de een of andere manier ruimte in de chaos.

'Goedemorgen, zonnetje.' Ik kus zijn slaap.

Olegs donkere blik glijdt over mijn naakte lichaam en wordt intenser.

Mijn tepels verstrakken onder zijn waardering.

Opzettelijk provocerend dans ik buiten zijn bereik naar de muur met gordijnen, nieuwsgierig wat erachter zit. Ik trek ze open en snak naar adem. 'Wauw.'

Het is een hele muur van ramen van vloer tot plafond die uitkijken over de stad. 'Dit is ongelooflijk, Oleg.' Ik kijk nog eens rond in het appartement bij daglicht, en neem in me op wat ik in de schok van het trauma van gisteravond niet had opgemerkt. Deze plek is prachtig. En duur. Het is vreemd omdat het slechts een studio is zonder keuken — zelfs geen mini-koelkast, tenzij ik iets mis — maar het is zeer hoog-waardig. We zijn in een soort klein penthouse bovenop een gebouw dat heel dicht bij Lake Michigan moet liggen. Ik wed dat andere appartementen in het gebouw uitzicht hebben op het meer.

'Kunnen mensen naar binnen kijken?' vraag ik, beseffend dat als ze dat kunnen, ik een behoorlijke show weggeef.

Oleg maakt een ploppend geluid met zijn lippen. Ik draai me om en zie een t-shirt door de lucht vliegen.

'Bedankt.' Ik vang het op en schud het open. Het is een van Olegs shirts — zacht katoen en jagersgroen. Het is gigan-tisch. Ik trek het over mijn hoofd en het valt bijna tot aan mijn knieën.

'Is dit een hotel?'

Oleg schudt zijn hoofd.

'Dit is jouw plek?'

Een knik.

'Ik vind het geweldig.' Ik race langs hem naar het bed om erop te springen, wat helaas niet veert. 'Behalve dat je bed geen veren heeft.' Ik pak een kussen op en gooi het naar hem. 'Je hebt een bed met veren nodig, zodat ik erop kan springen.'

Hij vangt het kussen. Zijn mondhoeken vertrekken in een nauwelijks waarneembare glimlach. Ik besef dat ik nog nooit — niet één keer — deze man heb zien glimlachen. Zijn gezicht is meestal net zo uitdrukkingsloos als zijn stem, wat hem dubbel moeilijk maakt om te lezen.

Ik ben gewoon afgegaan op zijn intense blikken — alles lezend in die blik. Of misschien gewoon zijn solide aanwezigheid.

Ik spring van het bed en ga naar hem toe, alsof ik naar een magneet wordt getrokken. Nu hij me heeft aangeraakt, kan ik er niet genoeg van krijgen. Ik heb meer nodig van deze grote bereman die me altijd observeert. Ik duw hem neer in de stoel en klim op zijn schoot, voorzichtig om zijn verwonding te vermijden. Ik denk dat omdat hij me zijn woorden niet kan geven, ik fysiek contact met hem verlang. Niet eens seksueel — hoewel *godverdomme — gisteravond!* Maar ik zou nu elk contact aannemen.

Oleg trekt me naar zich toe, vormt zijn armen rond mijn heupen en rug om me tegen hem aan te nestelen. Ik leun met mijn hoofd tegen zijn enorme schouder, en hij schudt de bagelzak open en brengt die onder mijn neus.

Ik steek mijn hand in de zak en vis naar een met kaneel en rozijnen. Oleg opent de roomkaas en geeft me een plastic mes.

'Mmm, dit is lekker.' Ik reik naar de koffie, open een klein bakje halfvolle koffiemelk en gooi het erin. 'Vind je niet dat ze deze te klein maken?'

Natuurlijk reageert hij niet op mijn woorden. Dat

verwacht ik eigenlijk ook niet. Het is oké, ik kan genoeg praten voor ons beiden.

'Ik heb er, zeg maar, vijf nodig voor één koffie.' Ik open de andere drie bakjes die op tafel lagen en giet ze in mijn kopje, dan probeer ik mijn koffie. Nog steeds te zwart.

Olegs voorhoofd rimpelt, alsof hij bezorgd is.

Ik haal mijn schouders op. 'Ik overleef het wel. Ik ben gewoon dankbaar voor de koffie. Drink jij het niet?'

'Wanneer ben je eigenlijk bagels gaan halen?' Ik ga rechtop op zijn schoot zitten om de roomkaas te smeren. Ik draai me om naar hem en trek mijn wenkbrauwen op. Ik zweer bij God, hij moet *proberen* te communiceren. Ik bedoel, hij zou kunnen gebaren. Hij zou kunnen tekenen, zoals hij deed bij mijn appartement om me te laten weten dat ik de bus moest verplaatsen.

Dit is een probleem voor mij. Oleg spreekt niet alleen niet. Het is alsof hij ook alle andere communicatiemethoden heeft opgegeven.

Misschien doet niemand moeite voor hem. Hij is afge-schreven. Of hij heeft zichzelf afgeschreven. Die gedachte stuurt een scherpe steek van pijn recht door mijn borst omdat het waar klinkt, maar ik verzet me ertegen.

Ik weet dat ik waarschijnlijk gek ben. Het rode vlaggetje had moeten wapperen toen hij voor mijn appartement werd neergeschoten of toen ik hem vakkundig drie mannen in ongeveer vijftien seconden zag doden. Maar dat is het niet voor mij. Ik weet het niet, ik heb al eerder wat gekke dingen gezien en meegemaakt in mijn korte leven. Ik heb eerder de dood gezien. Geen moord, maar een drugsoverdosis op een feestje en een auto-ongeluk. Oh, en twee vrienden pleegden zelfmoord toen ik op de middelbare school zat. Mijn tole-rantie voor trauma is opgebouwd.

Voor mij is het rode vlaggetje deze kant van Oleg. De stenen man die niet reageert op directe vragen. Ik wil de man die zijn gedachten laat voelen en horen, door zijn aanraking, door zijn energie. De man die ik leerde kennen in mijn appartement voordat zijn vrienden verschenen.

Ik weet niet wat er met hem aan de hand is. Ik weet niet wie die mannen waren of wat ze van hem wilden. Ik weet helemaal niet waar Oleg aan denkt, en wat hij van plan is te doen. Maar ik weet wel dat Oleg moet uitzoeken hoe hij dingen aan mij kan uitleggen.

Ik wou dat ik een smartphone had. We zouden waarschijnlijk een app kunnen vinden om te vertalen — teksten naar elkaar sturen, maar alles wat ik heb is mijn klaptelefoon. Ik ben koppig geweest over upgraden — deels omdat ik het leuk vind hoezeer het mensen schokt dat ik nog steeds op de vroegste mobiele telefoon technologie zit en deels omdat het een uitgave is waar ik niet om geef. Mijn geld gaat naar spullen voor de band. Ik had nooit een fancy telefoon nodig.

Ik maak mijn bagel en koffie op. 'Ik miste je gisteravond. Bij mijn optreden.' Ik zeg het niet om hem een slecht gevoel te geven. Alleen omdat ik wil dat hij het weet. Hij doet ertoe. We hebben in al die maanden misschien zelden gesproken, maar ik voelde zijn deelname en vitaliteit net zo tastbaar als ik de snaren onder mijn vingers voelde of de microfoon in mijn hand.

Zijn blik toont spijt.

'Waar was je?'

Zijn uitdrukking sluit. Wordt leeg. Het is zijn niet-antwoordende gezicht. Frustratie welt in me op. Ik leg de gitaar terug in de koffer.

'Was je je aan het verstoppen?'

Geen antwoord.

'Waarom zaten die gasten achter je aan?'

Natuurlijk kan hij daar niet op antwoorden, maar hij heeft zich voor me afgesloten, en het maakt me krankzinnig. Ik klik de sloten van mijn gitaarkoffer dicht en glijd van het bed. 'Luister, dat kun je me niet aandoen. Ik weet dat je niet kunt spreken, maar er zijn zoveel andere manieren om te communiceren, en je probeert het niet eens.'

Hij staart naar me, met grote ogen. Tenminste heb ik zijn uitdrukking doen veranderen.

Ik wacht, maar hij maakt nog steeds geen beweging. Geen gebaar. Geen poging.

'Nou, ik blijf hier niet voor,' zeg ik, ook al voelt het hele-maal verkeerd om weg te gaan.

En ik ben chronisch iemand die vertrekt.

Maar dit zou uiteindelijk toch zijn gebeurd. Ik wist dat toen het begon. Het is hoe al mijn relaties uitdoven. Deze explodeerde eerder dan dat hij uit doofde. Ik vind het zeker jammer dat het zo is gelopen, maar ik moet mijn verliezen nemen en gaan.

Oleg pakt mijn arm. Zijn hand is zacht, maar hij houdt me stevig vast. Ik ontmoet zijn ogen. Hij schudt zijn hoofd.

'Nee, wat? Je moet me meer geven.'

Hij wijst naar de deur en schudt zijn hoofd. Oké, hij probeert het, maar dat maakt me alleen nog bozer. Hij mag me niet zeggen dat ik niet weg mag gaan als hij weigert om zelfs maar te proberen om op een andere manier te commu-niceren. Ik schud zijn aanraking af. Ik ga naar de badkamer om de wc te gebruiken en met mondwater te spoelen. Ik vind mijn kleren. Ik trek mijn onderbroek, maillot en rok aan, wat nauwelijks zichtbaar is onder zijn lange shirt.

Oleg staat midden in zijn prachtige appartement. Hij kijkt naar me, onrust in zijn schouders.

'Tot de volgende keer.' Ik ga op mijn tenen staan en kus zijn kaak. Een spier trekt samen. Ik weet dat hij zijn hoofd schudt, maar ik negeer het en loop langs hem naar de deur waar ik mijn voeten in mijn legerkisten steek en mijn jas en gitaar oppak.

Ik voel Oleg achter me aankomen maar erken zijn aanwezigheid niet. Niet totdat zijn gigantische hand tegen de deur leunt om te voorkomen dat ik hem open kan maken.

'Oh echt.' Mijn stem druipt van ongeloof. 'Je gaat me tegenhouden?' Ik ben gewend dat Oleg een heer is. Me gevangen houden voelt niet zoals hij is.

Zijn hand beweegt niet.

Ik draai me om naar hem, kin omhoog. Er is spijt in zijn uitdrukking. Zijn wenkbrauwen zijn naar beneden, zijn ogen bezorgd. Hij schudt zijn hoofd.

Het dringt tot me door dat het verhaal in mijn hoofd misschien totaal anders is dan het zijne. Houdt hij me tegen omdat hij me probeert te beschermen of houdt hij me gevangen? Een ontnuchterende gedachte komt bij me op. Is hij bezorgd dat ik de politie over hem zal bellen?

'Ik zal niemand over gisteravond vertellen. Dat weet je toch?'

Hij knikt zonder aarzeling.

Oké, hij vertrouwt me.

'Goed. Prima. Ik moet echt naar huis.'

Hij wil zijn hand nog steeds niet bewegen.

'Oleg.' Ik duw tegen zijn borst, wat me precies nergens brengt. 'Ik blijf hier niet om door jou genegeerd te worden!'

Zijn ogen worden groot van verbazing. Hij neemt zijn hand van de deur. Ik grijp het moment en pak de hendel om de deur open te trekken.

Die slaat dicht voor mijn gezicht. Oleg geeft mijn kont een enkele tik alsof ik een ondeugend kind ben. Het prikt en tintelt, waardoor hitte opbloeit in mijn binnenste.

'Oh echt? Ga je me spanken?' Nu ben ik geërgerd *en* geil. Mijn onderbroek is al vochtig. Ik stuur een uitdagende blik over mijn schouder. 'Nou, je kunt die gedachte maar beter afmaken, anders word ik alleen maar pissig.'

Zijn wenkbrauwen schieten omhoog. Hij beweegt langzaam, alsof hij er zeker van wil zijn dat hij me goed heeft begrepen, vangt beide polsen in één van zijn handen en pint ze tegen de deur. Wanneer ik niet protesteer, slaat hij mijn kont met zijn andere hand, harder deze keer, en knijpt dan in mijn gekwetste wang.

Ik laat een trillende adem ontsnappen, mijn kutje trekt samen. Hij duwt mijn voeten verder uit elkaar. Ik buig mijn rug en laat hem zien dat ik het echt wil. Hij trekt het t-shirt over mijn hoofd en drukt mijn handpalmen plat tegen de deur. Hij laat mijn handen onbeheerd, slaat zijn onderarm om mijn middel en trekt mijn onderbroek naar beneden langs mijn dijen. Dan zet hij mijn kont in vuur en vlam met snelle, harde tikken. Zoals elke keer dat Oleg besluit om door te gaan, houdt hij zich niet in.

Ik snak naar adem en knijp in mijn billen. Het is te veel maar ook zo goed, zo opwindend voor me, dat ik op mijn lip bijt om niet te protesteren.

Ik kronkel onder de aanval. Het zit precies op de grens tussen pijn en genot. Ik haat het en hou er tegelijkertijd van. Maar wanneer hij de vingers van zijn andere hand tussen mijn benen laat glijden en mijn kutje vastpakt terwijl hij blijft spanken, draai ik *helemaal* door naar de kant van genot. Waanzinnig, erotisch genot.

'Ja,' fluister-kreun ik wanneer hij zijn vingers tussen mijn benen begint te bewegen. Ik buig mijn rug, steek mijn kont uit, beweeg tegen zijn palm. Het is ongelooflijk.

Het beste ooit.

'Au. Oh...Oleg,' hijg ik.

Zo onverwacht. Ik had geen idee dat ik van dit soort dingen zou houden.

Een van zijn vingers glijdt in me terwijl ik zijn palm blijf berijden. Ik dans onder de scherpe tikken die hij aflevert, kronkelend en stotend. Mijn wang drukt tegen de deur. Ik herken niet eens de hijgende, behoeftige vrouw die haar opwinding langs Olegs vingers naar beneden laat druipen terwijl hij me hard slaat totdat ik-

Klaarkom.

O God, wat kom ik klaar. Hete, snelle uitbarstingen van genot zoals popcorn-explosies gaan af in mijn binnenste. Ik zie sterretjes.

Ik reik mijn hand achteruit om mijn kont te beschermen tegen verdere tikken, en Oleg vouwt mijn hand onmiddellijk achter mijn rug alsof ik zijn gevangene ben en masseert mijn gestrafte vlees met ruwe knepen. Zijn andere hand werkt nog steeds tussen mijn benen, vingers die langzaam in en uit dalen terwijl ik tegen de palm van zijn hand wrijf.

OLEG

Ik trek mijn vingers uit Story. Mijn lippen vinden haar kaak, glijden terug naar haar oor, en laten een spoor van hete kussen achter op haar gladde huid. Ik adem haar zoete, vanillegeur in. Mijn *shalun'ya* hield van haar spanking. Haar sappen bedekken mijn vingers, haar hartslag onder mijn lippen nog steeds even heftig. Ik wou dat ik meer aandacht had besteed aan de discussies in de woonkamer over het slaan van vrouwen.

Ravil ontmoette zijn vrouw Lucy in een privéclub in D.C. waar hij zoiets bij haar deed. En vorige maand maakte Pavel met wederzijdse instemming een vriendin van Sasha tot slaaf nadat hij haar had gedomineerd in de zusterclub in Los Angeles. Hij brengt zijn nachten door met het eisen van haar seksuele gehoorzaamheid via videoconferentie elke nacht en vliegt daarheen om haar vast te binden en persoonlijk pijn te doen in het weekend. Dat is al meer dan ik wilde weten. Ik luisterde niet naar het geleuter omdat het voorstellen van mijn huisgenoten die kinky seks hebben niet iets is hoe ik mijn tijd wil doorbrengen.

Nu wou ik echter dat ik meer nuances kende. Ik blijf langzaam met mijn middelvinger door haar mollige, gladde vlees gaan. Elke keer dat ik rond haar clitoris cirkel, komt ze weer klaar — een naschok die haar spieren doet samentrekken en tillen en haar adem doet stokken.

Wil ze mijn pik? Welk deel hiervan vond ze leuk? De pijn of dominantie? Misschien niet de pijn omdat ze op het einde haar kont bedekte alsof het teveel was. Ik test mijn theorie en buig haar polsen achter haar rug, om haar naar het bed te manoeuvreren.

Ze gaat gemakkelijk mee. Gewillig. Volgzaam. Ze wil meer.

Tenminste, dat denk ik. Ik ga op de rand van het bed zitten en zet haar tussen mijn knieën. Mijn lul spant zich om uit mijn jeans te komen. Ik ontdoe haar van het ondergoed dat nog steeds verstrikt zit rond haar dijen. Haar wangen zijn hoogrood, haar ogen glazig.

Ik ruk haar heupen naar beneden, en ze volgt het commando, zakt op haar knieën. Ze reikt naar mijn pik, maar ik vang haar handen en plaats ze bovenop haar hoofd, waardoor haar borsten omhoog komen en uit elkaar gaan. Haar tepels zijn hard en stevig. Ik leun naar voren om mijn lippen erop te gebruiken. Ik kan er licht aan zuigen. Ik veeg mijn vinger in mijn mond om speeksel te verzamelen en smeer het rond haar tepel.

Ze laat een klein kreuntje horen. 'Dit is... heet.' Haar stem is schor. Ik knijp in haar kont en kantel mijn hoofd opzij om haar te vragen door te gaan. 'Ik vind het leuk als je de Grote Baas uithangt. Zo erg.' Haar hoofd valt achterover wanneer ik mijn mond naar de andere tepel verplaats. 'Ik wist niet eens wat ik miste. Maar nu...' Ze likt haar lippen, waardoor mijn pik tegen de rits springt. Ze laat haar blik erop vallen en heft hem weer om de mijne te ontmoeten. 'Ik denk dat je normale seks voor me verpest hebt.'

Verdomme. Ik laat mijn erectie vrij.

Ze reikt ernaar, maar nogmaals hou ik haar handen tegen, deze keer buig ik ze weer achter haar rug. Ik neem de achterkant van haar hoofd vast en leid haar prachtige mond naar beneden om over mijn pik te glijden.

Ik kom bijna klaar op het moment dat ze me neemt. Heet. Nat. Weelderig. Haar mond is heerlijk. Het is alles wat ik kan doen om niet mijn zeer proportionele pik in haar delicate keel te duwen.

Ze lijkt van haar positie te houden — pseudo-gevangen gehouden door mij. Doen alsof ze gedwongen wordt om me oraal te bevredigen. Ze beweegt haar hoofd enthousiast over mijn pik, gebruikt haar tong om langs de onderkant te vegen, om rond de eikel te likken. Ze bedekt haar tanden met haar lippen en beweegt op en neer over de eikel in korte, snelle bewegingen.

Mijn vingers wikkelen zich in haar lichte champagnekleurige blonde haar, waarbij ze zich aanspannen door het genot.

Het doet me pijn dat ik geen tong heb om haar de gunst te verlenen. Als ik dat had, zou ik haar nooit mijn pik laten zuigen tenzij ze op mijn gezicht zat. Ik zou altijd willen dat zij eerst klaarkwam. Het hardst klaarkwam. Het luidst.

Mijn zoete *lastochka*.

Ik wil klaarkomen, maar ik zou het liever allemaal bewaren voor Story's plezier, dus ik stop haar, met een zachte ruk aan haar haar om haar van me af te trekken. Ze likt rond haar lippen, met een zweem van uitdaging in haar ogen.

Ze wil zeker nog meer.

Godverdomme. Ik ben meer dan nederig dat ze iets van mij wil. Dat ze het van mij neemt. Na wat er gisteravond gebeurde, en nadat ik haar net heb tegengehouden om weg te gaan, had ze net zo gemakkelijk voor altijd met mij klaar kunnen zijn. Het had op een miljoen manieren kunnen gaan maar deze, en ik ben eindeloos dankbaar dat we hier zijn.

Ze staat op, en ik laat haar, en heb nodig dat ze me laat zien wat ze nodig heeft. Ze zit schrijlings op mijn middel, grijpt mijn pik en leidt me in haar.

Ik laat een kreun ontsnappen. Ik probeer meestal alle geluiden uit mijn mond te onderdrukken omdat ik de onsamenhangende lettergrepen haat om te horen, maar deze klinkt zoals het zou moeten. Zoals plezier. Zoals dankbaarheid.

Story maakt mijn overhemd los terwijl ze haar heupen langzaam beweegt, en neemt me elke keer een beetje dieper. Wanneer ze het shirt open krijgt, ruk ik het uit en reik achter mijn nek om mijn onderhemd met één hand uit te trekken.

'Mmm,' bromt Story. 'Dat is heet.' Haar blauw getipte vingernagels krassen door mijn borsthaar. 'Ik ben zo opgewonden hiervoor. Voor jou.' Ze brabbelt ademloos.

Ik wil mijn adem inhouden om er zeker van te zijn dat ik geen enkele lettergreep mis. Dat ik elk woord onthoud.

'Je bent als een grote papa-beer die spankt en dan knuffelt. Ik ga zeker jouw stoute meisje zijn.'

Blyad. Haar woorden breken de teugels van mijn controle. Terwijl ik mijn pik diep in haar duw. Dan draai ik haar op haar rug en begin in haar te rammen. Ze beweegt haar heupen enthousiast, buigt haar knieën om me te ontvangen. Ik pak haar polsen en pin ze naast haar hoofd, neuk haar met meer kracht dan ik zou moeten.

'O God,' kreunt ze. 'Je bent zo groot. Het is zo lekker.'

Ik verander de bewegingen in kort en snel, ram in haar. Haar tieten stuiteren. Haar ogen rollen naar achteren in haar hoofd. De aanblik van haar gelukzalige uitdrukking doet me bijna klaarkomen, en ik wil er zeker van zijn dat ik het goed doe, dus ik trek me terug en rol haar op haar buik.

'O God, ja,' moedigt ze aan, terwijl ze haar benen wijd spreidt. Haar kont is rood van mijn hand — roder dan ik had verwacht, maar elk schuldgevoel dat ik zou kunnen voelen, verdwijnt wanneer ze over haar schouder naar me kijkt.

Ze wil het.

Het is de eerste keer dat ik echt geloof dat er een God is in deze wereld.

De eerste keer dat ik me gezegend voel.

Ik ga van achteren in haar, sidderend van genot door de hoek.

'Ja, ja, ja,' scandeert Story. 'Dat is zo lekker. Hallo G-spot-liefde.'

Ik beweeg in en uit haar, tik op haar schattige kont met mijn lendenen elke keer dat ik erin sla.

Ze zet haar handen tegen de muur en buigt haar kont op voor me, waardoor het heetste beeld ontstaat dat ik ooit in mijn leven heb gezien.

Ik wil haar vertellen hoe prachtig ze is. Hoe ongelooflijk heet en mooi en verbluffend, maar dat kan ik niet. Dus ik besluit haar te neuken met elk beetje passie in mijn hart. De tijd vertraagt. Of misschien versnelt hij. Ik kan het niet zeker weten. Mijn geest glijdt weg. Mijn lichaam en dat van Story verenigen zich, mijn geest en die van Story communiceren.

Ik bied alles wat ik heb aan haar aan — mijn kracht, mijn dominantie, mijn bescherming, maar daarmee komen ook al mijn zwaktes — de vlekken van mijn zonden, mijn misvormingen, mijn obsessieve behoefte aan haar. Ze ontvangt het allemaal. Als de godin die weet dat het allemaal van haar is. Om te ontvangen en te transformeren en terug te geven. Zij is de liefde zelf. Of misschien ben ik dat. Wat ik voor haar voel. Ik kan het niet zeggen omdat het allemaal opgaat in één prachtige uitstorting van energie.

Ze komt eerst klaar, maar op het moment dat ze dat doet — één samentrekking van haar spieren — kom ik ook. Ik brul — vergeet mijn geluiden te onderdrukken, te censureren. Ik brul en kom klaar, mijn sperma verlaat me in hete linten van extase.

Ik knijp mijn ogen dicht omdat de kamer draait. Ik was mijn verwondingen vergeten — veel te verdiept in mijn kleine deugniet.

Ik trek me terug en draai haar om, duw dan terug voor nog drie heerlijke bewegingen. Ik wring nog een orgasme uit mijn kleine zwaluw. Ze houdt mijn blik vast terwijl ze zich buigt en onder me klaarkomt.

Ik neurie zachtjes. *Ya lyublyu tebya.*

Ze wordt stil en knippert naar me, bijna alsof ze mijn gedachten hoorde.

Mijn *lastochka* leest gedachten. Of ik projecteerde mijn gevoelens zo duidelijk dat ik niet hoefde te spreken. Ik begraaf mijn gezicht in haar nek, kus haar zachte huid langs de zijkant, dan over haar keel. Mijn glorieuze zwaluw aanbiddend.

Het was veel te vroeg voor *Ik hou van je.* En Story is een wispelturige vogel.

Story zuigt op haar wang. 'Oleg, ik niet-' Ik leg een vinger op haar lippen. Natuurlijk houdt ze niet van mij. Ze kent me nauwelijks. Het is niet iets dat ik hardop zou hebben gezegd als ik dat kon.

Ze slaat haar benen om mijn rug om mijn lichaam de rest van de weg naar beneden op het hare te trekken, alsof oogcontact te intens voor haar was. Ik rol ons beiden naar de zijkant om te voorkomen dat ik haar plat druk.

Ze verbergt haar gezicht tegen mijn borst. 'Ik doe niet echt aan relaties.' Haar woorden worden gedempt tegen mijn huid. Haar adem beweegt de haren op mijn borst. 'Daarom vroeg ik je nooit om met me mee naar huis te gaan. Relaties eindigen altijd snel voor mij. Ik doe niet aan die liefdes dingen. Mijn moeder heeft haar leven verpest door achter de liefde aan te jagen.' Ze wrijft met haar wang tegen mijn borst, bijna zoals een kat zou doen. 'En ik wilde niet echt dat wij zouden eindigen. Ik vond het leuk wat we hadden. Jij die naar mijn optredens kwam. Naar me keek. Me steunde. Ik vond het leuk, en ik wilde niet dat het zou eindigen.'

Ze klinkt geschokt.

Ik sla mijn armen om haar heen en houd haar stevig vast en neurie opnieuw. *Ya lyublyu tebya.*

Ik bedoel niet om het te projecteren. Ik bedoelde niet eens om het te denken, maar het is de waarheid. Ik hou van haar. Het kan me niet schelen of zij niet van mij houdt. Zelfs als ze me niet wil, zal ik nooit stoppen om naar haar optredens te gaan.

HOOFDSTUK 7

Story

Ik krul me tegen Oleg op het lage bed en wrijf over mijn billen, die nog steeds prikken van Olegs grote handpalm.

'Je hebt me een pak op mijn billen gegeven.' Er klinkt amusement in mijn stem. Een vleugje verwondering. 'Is dat... jouw ding?' Ik denk dat het zeker mijn nieuwe ding is. 'Doe je dat met elk meisje waar je mee bent?'

Hij geeft geen antwoord.

'Hé.' Ik knijp in zijn tepel, en hij pakt zachtjes mijn hand vast. 'Ik stelde je een vraag. Alleen omdat je niet kunt spreken, betekent niet dat je niet probeert te communiceren.'

Hij trekt me terug om dichter tegen zijn warme borst aan te kruipen en schudt zijn hoofd.

'Nee? Je doet dat niet met elk meisje?'

Weer een schudden. Zijn hand glijdt naar beneden om bezitterig mijn billen vast te pakken. Het zorgt voor een opgewonden kriebel in mijn buik.

'Alleen ik? Ben ik de eerste?'

Schouderophalen en knikken. Hij streelt op en neer over mijn dijen, over de plek waar bil en dij elkaar ontmoeten.

'Je was zo terughoudend met het maken van toenadering al die maanden. Je kwam gewoon zitten en kijken. Nu ontdek ik dat je ruw en gepassioneerd bent.' Ik leun op één elleboog om naar zijn gezicht te kijken. Hij heeft lichte littekens onder de stoppels op zijn gezicht. De man heeft veel gevechten gehad.

'Hey, we moeten een manier vinden om met elkaar te praten.'

Hij knikt en reikt naar het nachtkastje. Ik zie dat hij een lijst heeft geschreven met de letters van het Romeinse alfabet met daarnaast de Cyrillische alfabet symbolen.

'Je leert ons alfabet.' Mijn hart maakt een sprongetje. 'Voor mij?'

Zijn wenkbrauwen gaan omlaag als hij knikt, wat ik interpreteer als: *natuurlijk, voor jou.*

Ik duw mezelf op om op mijn hand te leunen, rechter zittend. 'We zouden gebarentaal moeten leren.'

Oleg knippert met zijn ogen naar me.

'Ik wed dat ze het op het wijkcentrum onderwijzen. We kunnen het allebei leren. Je vrienden kunnen het ook leren.' Ik ben best opgewonden over mijn idee, hoewel ik niet begrijp waarom ik langetermijnplannen maak met deze man. Het jaagt me doodsangst aan.

Oleg knikt, mijn gezicht observerend alsof hij bang is dat ik zal verdwijnen als hij wegkijkt.

'Echt? Dan zal ik het uitzoeken.'

Misschien zal ik zelfs toegeven en eindelijk een smartphone aanschaffen, zodat we kunnen vertalen via tekstberichten.

Ik pak mijn gitaar en ga met gekruiste benen op zijn bed zitten. Oleg blijft waar hij is en kijkt naar me met dezelfde intensiteit waarmee hij me ziet optreden. Ik kijk naar hem terwijl hij naar mij kijkt, en probeer het lied uit waar ik aan werk. Het lied over seks. Met hem. Ik heb een refrein, maar nog geen coupletten. Nog geen hook.

Ik zing de woorden niet, maar ze spelen in mijn hoofd terwijl ik de noten uitprobeer.

I'm up against the wall / your hands tangled in my clothes
I'm kissing, I'm biting, I'm begging for more
Knowing once this rocket's launched, it will never be restored
Knowing once this rocket's launched, you'll never bring me more.

Inspiratie is op dit moment echter niet aan mijn zijde. Ik zit te vol met de intensiteit van gisteravond en vanmorgen. De verwardheid van mijn voortdurende ontkenning van dit alles. Ik ben erg goed in hokjes denken.

In plaats daarvan speel ik de melodie van Van Morrison's 'Brown-Eyed Girl'. Ik weet niet waarom dat specifieke nummer eruit kwam - het is een lied dat mijn vader voor me speelde toen ik klein was. Hij zei dat het mijn lied was omdat mijn ogen bruin zijn. Ik denk dat het me altijd geliefd deed voelen.

En zo voel ik me nu, spelend onder Olegs smeulende blik. Als ik maar alle kleine momenten van geliefd voelen in mijn leven aan elkaar kon rijgen. Ze weven tot een wandkleed dat blijft.

Maar dat gebeurt niet. Ik weet beter dan te geloven dat het zou kunnen.

Ik sluit mijn ogen en zing de woorden zachtjes, verzonken in de melodie. Mijn vingers glijden over de frets uit geheugen, de noten kennend op gevoel. Met heel mijn hart.

Oleg kan niet meezingen, en toch zweer ik dat ik hem voel luisteren. Elke noot in zich opnemend. Elk woord. Hetzelfde gevoel van plezier dat ik voel wevend in de muziek. Mijn plezier, het zijne. Het zijne, het mijne.

Als ik stop met spelen, open ik mijn ogen en kijk naar hem.

Mijn telefoon gaat in mijn tas bij de deur. Oleg staat op en maakt zijn broek vast. Hij haalt mijn telefoon op en kijkt naar het scherm. Flynn's foto flitst op de voorkant. Even denk ik dat hij me misschien niet laat antwoorden, maar hij overhandigt hem aan mij.

'Hé,' antwoord ik, naar Oleg opkijkend. Mijn maag trekt samen als de realiteit weer binnen komt stormen.

'Hé.' Flynns stem klinkt hees van de slaap. 'Ik wilde gewoon zeker weten dat je in orde bent. Ik probeerde gister- avond te bellen toen ik zag dat je auto er nog stond.'

'Echt? Sorry, ik heb het niet gehoord,' lieg ik. Ik ben eigenlijk ontroerd dat mijn feestbeest van een broer naar me informeert. Het is bijna altijd andersom. Ik maak me de volgende dag zorgen over hem omdat ik om 4 uur 's ochtends een feestje verliet, en hij er nog steeds was, compleet stoned.

'Nou ja, je bent in orde, ik wilde gewoon even checken. Ik hoef de details niet te weten.'

'Ja, alles is cool.' Ik weet niet waarom ik opnieuw naar Olegs gezicht kijk. Is het cool? Gaan de dingen cool zijn voor hem? Ik weet eigenlijk niet het echte antwoord. Ik weet wel dat toen ik probeerde te vertrekken, hij me tegenhield. Maar dat vergat ik snel omdat hij me twee keer liet klaarkomen.

'Oké. Tot later.'

'Jep. Doei.' Ik hang op.

Oleg knikt alsof hij het goedkeurt. Of hij nu goedkeurt dat Flynn naar me informeert of dat hij mijn antwoord goed- keurt, daar kan ik niet zeker van zijn.

Ik sta op en loop naar de badkamer. 'Ik ga nog een keer douchen,' vertel ik Oleg.

Ik ben maar een klein beetje teleurgesteld dat hij me niet

volgt. Ik denk echt niet dat ik op dit moment meer seks aankan. De man is enorm en ruw, en ik ben zeker pijnlijk.

Toch ben ik nu al opgewonden om het allemaal opnieuw te doen. Ik kan niet wachten om te experimenteren op deze nieuwe manier. Om zijn stoute meisje te zijn. Zijn straf en dominantie te ontvangen met het genot om in zijn armen te worden gewikkeld als het voorbij is. Iets dat ik nooit eerder wilde.

Ik ben absoluut een kat als het op mannen aankomt. Ik wil hen op mijn eigen voorwaarden. Ik ga naar hen toe wanneer ik wil. Vertrek wanneer ik wil. Ik ben het tegenovergestelde van veeleisend. Dus het feit dat ik het zelfs leuk zou vinden om na de seks vastgehouden te worden is bizar vreemd. Maar de seks was intens.

Net als Oleg.

Misschien is dat de verslaving.

Ik zet het water aan en neem een lange douche, weigerend om de onwelkome gedachten die in mijn hoofd rondspoken te verwerken. Gisteravond was ik te geschokt om alles te onderzoeken, en nu wil ik het niet.

Oleg zit in de problemen. Dat weet ik zeker. Iemand wil iets van hem. Eerst vielen ze hem aan voor mijn huis. Toen vonden ze hem bij Rue's. En ze grepen mij om hem in een auto te dwingen. Wat betekent dat ik zijn zwakke plek ben. Ik ben het drukpunt op hem.

Het is dom dat ik daardoor gevleid ben. Maar wat nog dommer is, is hoezeer ik hier bij hem wil blijven. Hoezeer ik geloof dat dit ook mijn probleem is. Dat we hierin samen zitten.

Maar er is geen samen als hij dingen niet kan - of weigert - aan mij uit te leggen.

En er zou sowieso geen samen moeten zijn, omdat ik niet van plan ben om lang genoeg te blijven om dit een relatie te maken.

OLEG

Story trekt haar kleren van gisteravond weer aan en haalt een van mijn overhemden uit de kast om over haar kleine t-shirt te dragen. 'Is het oké als ik dit draag?'

Ik knik, absurd tevreden om mijn kleren aan haar lijf te zien. Ze laat het open hangen, als een lange jas.

'Als dat jouw kast is, wat is dit dan?' Ze opent de deur naar de rest van het penthouse.

Vanuit de woonkamer bereiken ons de geluiden van stemmen en baby Benjamin die huilt alsof hij op het punt staat in slaap te vallen.

Story's mond valt open in een overdreven 'O'.

'Wie is daar beneden?' zegt ze met een overdreven gefluister. Ze sluipt op een overdreven manier alsof ze in een Scooby-Doo-aflevering zit.

Ik aarzel. Egoïstisch, ik wil Story voor mezelf houden. Bovendien heb ik de jongens niet verteld over wat er gister-avond gebeurde. En dat had ik moeten doen. Ravil zal me bij mijn ballen pakken voor het verzwijgen, maar hij zal sowieso mijn ballen willen hebben als hij mijn verleden ontdekt, dus het is een verlies-verlies situatie.

Ze rent de gang af op haar blote voeten als een klein kind, stoppend aan het einde om om de hoek te gluren naar de woonkamer.

Ik loop achter haar aan, mijn arm om haar middel gesla-gen. Mijn hoofd voelt zwaar, nog steeds af en toe bonzend door de hersenschudding.

'Je woont niet alleen,' zegt ze met een verwonderde stem. 'Dat verklaart het gebrek aan een keuken in je kamer.'

Ik duw haar zachtjes naar voren.

De woonkamer is zoals gewoonlijk een verzamelplaats. Dima zit achter zijn computer voor de televisie. Pavel ligt op de bank mee te kijken. Maxim en Sasha zijn in de keuken. Nikolai eet aan het ontbijt barretje. Ravil heeft Benjamin op zijn schouder, en hij danst voor de glazen wand die uitkijkt over Lake Michigan.

Sasha ziet ons als eerste en slaakt een kreet van vreugde. Ze zet de blender uit waarmee ze een smoothie maakt. 'Story is in huis!'

Zij en Maxim zijn in hun hardloopkleding, waarschijnlijk net terug van een rondje hardlopen. Sasha, die net zo vriendelijk en sociaal is als ik zwijgzaam ben, ontmoette Story bij Rue's op de avond dat ze allemaal besloten mee te gaan om het meisje te zien op wie ik verliefd was geworden. Ze zorgde ervoor dat Story mijn naam wist en dat ik totaal niet een engerd was.

Pavel zet de televisie uit en draait zich om, om naar ons te kijken. 'Oleg, jij beest.'

'Hou je mond,' zegt Sasha, wat goed is want ik zei hetzelfde met mijn blik. 'Hier, laat me de introducties opnieuw doen omdat je het waarschijnlijk niet meer weet. Ik ben Sasha, dit is mijn man Maxim. Nikolai en Dima zijn tweeling, als je dat nog niet had geraden. Pavel zit op de bank, seksberichten te sturen naar zijn vriendin in L.A. Die hij nog maar een paar uur geleden zag, en dat is Ravil met de baby. Dit is zijn plek.'

Een zeer diplomatieke manier om te zeggen dat Ravil onze baas is. Sasha heeft zo'n gemakkelijke manier van spreken, en Maxim ook. Nu ze van elkaar zijn gaan houden, zijn ze echt een power couple geworden. Vooral met haar geld en zijn strategie.

Ravil kijkt om, terwijl Benjamin nog steeds geluid maakt op zijn schouder. Zelfs met de afleiding is zijn blik scherpzinnig. Ik heb nooit iemand meegebracht naar het penthouse in de hele tijd dat ik hier woonde. Ik ga niet om met mensen. Ik ga niet uit, behalve naar Rue's.

'Dus dit is Story,' zegt hij luchtig. Hij loopt niet naar ons toe, maar blijft met de baby wiegen. 'Sorry dat ik je nog niet heb horen spelen. Ik ben Olegs baas.'

Story zwaait. 'Leuk jullie opnieuw te ontmoeten. Deze plek is ongelooflijk!' Ze gebaart naar het uitzicht op het meer.

Ik pak een kruk bij de ontbijtbar waar ze op kan zitten. Ze moet honger hebben gekregen voor de lunch na al die seks. Ik weet dat ik dat heb.

'Ik dacht dat ik vanmorgen een gitaar hoorde spelen, maar ik dacht dat het iemands radio was. Hoe was de show gisteravond?' vraagt Sasha aan Story.

Story werpt me een blik toe. Ik schud heel licht mijn hoofd, wat ze lijkt te begrijpen. 'Het was goed. Ja.' Ze zegt geen woord over de mannen die ik vermoord heb.

Ik ga de keuken in en haal de benodigdheden voor een sandwich tevoorschijn, en houd ze omhoog met een vragend gezicht.

'Een sandwich? Graag, dankjewel.'

Sasha en Maxim wisselen een blik, alsof ze het verbazingwekkend vinden dat ik een sandwich maak. Of misschien dat ik aanbied om voor iemand anders een sandwich te maken. Of gewoon dat ik communiceer.

'Wil je een mango smoothie?' biedt Sasha aan, terwijl ze de blender omhoog houdt.

'Graag. Bedankt.'

Sasha schenkt Story een glas vol en leunt met haar ellebogen op de ontbijtbar tegenover Story.

Ravil krijgt Benjamin in slaap en loopt naar voren om Story's hand te schudden. 'Wie is deze lieve baby?' koert ze met een zachte stem, om hem niet wakker te maken.

Ravil draait zodat Story het kleine slapende gezicht van de baby kan zien. 'Dit is Benjamin. Hij is vandaag vier maanden oud.'

'Gefeliciteerd met je vier-maanden verjaardag, kleine man,' zingt Story in een zacht babystemmetje, terwijl ze lichtjes over zijn rug wrijft. 'Gefeliciteerd, hij is engelachtig.'

Ik ben gefixeerd op haar. Hoe mooi ze eruit ziet als ze tegen de baby praat. Hoe gemakkelijk en natuurlijk alles voor haar is. Ik heb twee jaar met deze mensen geleefd - de mannen zijn mijn *bratva broers* - en zij lijkt zich na één minuut comfortabeler te voelen dan ik met hen.

Ik maak twee sandwiches en snijd een appel in plakjes en breng ze op twee borden naar Story.

'Dank je. Mijn vrouw krijgt op dit moment een massage in de slaapkamer, maar hopelijk zul je haar binnenkort ontmoeten.'

'Van Natasha?' werpt Nikolai tussenbeide. 'Ik denk dat ik ook een afspraak met haar zal maken.'

Dima's hoofd draait zich abrupt, en hij kijkt zijn broer woedend aan. 'Waar heb je het over?'

'Een massage.' Nikolai klinkt iets te onschuldig. Er is iets raars gaande tussen de tweeling waarvan de rest van ons niet op de hoogte is. 'Dat klinkt fijn. Ik denk dat ik ook een afspraak met Natasha zal maken.'

'Wat, *voor jou*?' ontploft Dima praktisch.

'Ja. Tenzij jij dat gaat doen.' Hij trekt vragend zijn wenkbrauwen op.

'Ik vermoord je.' Ik heb Dima nog nooit een bedreiging horen uiten. Vooral niet naar zijn broer.

'Whoa. Oké.' Ravil kucht. 'Het klinkt alsof jullie twee wat shit moeten uitwerken.'

'Nee, ik denk dat we goed zitten.' Nikolai pakt een tijdschrift van de salontafel en doet alsof hij het leest. 'Tenzij hij wil dat ik in plaats daarvan die afspraak voor hem maak.'

Dima schakelt over op Russisch. 'Ik zal je serieus van het dak gooien als je ook maar één woord tegen haar zegt.'

Ravil haalt zijn schouders op. 'Blij dat we geen tweeling hebben. Ik ben zo terug nadat ik hem heb neergelegd.'

'Dus wonen jullie *allemaal* hier?' vraagt Story, terwijl ze het bord naar zich toe trekt en haar kruk opzij schuift om ruimte te maken voor de mijne. Maxim en Sasha pakken de barkrukken aan de overkant van ons.

'Jep. Het waren eerst alleen de jongens en toen verhuisde Lucy - Ravil's vrouw - hierheen. En toen bracht Maxim mij hier vanuit Moskou,' legt Sasha uit. 'Het was een gearrangeerd huwelijk, maar ik heb besloten om hem te houden.' Ze knipoogt.

'Ik denk dat je je nooit kunt vervelen met zoveel drukte.'

'Nee.' Sasha lacht. 'Ik vind het leuk. Ik was enig kind, dus het is fijn om altijd mensen om me heen te hebben.'

Story glimlacht. 'Ik ben opgegroeid in totale chaos. Twee broers en zussen, een moeder die... emotioneel instabiel is, en een vader die feestte als een rockster. We hadden veel liefde maar weinig stabiliteit. Als gevolg daarvan heb ik een zeer hoge tolerantie voor chaos.'

'Dus je vader *was* een rockster?' vraagt Maxim. 'Lijk je op hem?'

Story's lach is verlegen. 'Hij denkt van wel. Hij heeft een klassieke rock coverband die sinds de vroege jaren tachtig in Chicago speelt. The Nighthawks?'

Het stoort me dat ik dit niet over haar wist. Dat ik deze gemakkelijke, comfortabele conversatie niet heb kunnen voeren. *Blyad'*, tot deze week gaf ik er echt geen reet om dat ik niet kon communiceren. Sterker nog, ik had er een soort van de voorkeur aan gegeven. Dat heb ik nog steeds, dus dit doet mijn hoofd bonzen van tegenstrijdige verlangens.

Maxim schudt zijn hoofd. 'Ik ken ze niet. Dus daar hebben jij en je broer leren spelen?'

'Jep. Mijn vader gaf gitaarlessen in de woonkamer toen ik klein was.'

'Wat speelde je vanochtend? Dat was een ouderwets nummer, toch?' vraagt Sasha.

'Van Morrison - ja. Mijn vader speelde het voor me omdat ik bruine ogen heb.'

Sasha bestudeert Story. 'Welke kleur is je haar van nature?'

Story tsks. '*Roze*,' zegt ze alsof ze beledigd is dat Sasha niet denkt dat het natuurlijk is. 'Grapje, het is donkerblond.'

'Ik hou van je look,' vertelt Sasha haar. 'Je rockt echt de rockster.'

Story's lippen krullen. '*Rock the Rockstar.* Ik zou dat kunnen stelen voor een liedje.'

'Voel je vrij.' Sasha straalt alsof ze beste vriendinnen zijn.

Het is verkeerd hoe erg ik wil dat ze dat zijn. Hoezeer ik wil dat Story blijft.

'En speel gerust terwijl je hier bent. We houden van je muziek,' zegt Maxim.

Als ik klaar ben met mijn sandwich, sta ik op en ga dichter bij Story staan, mijn hand op haar rug. Genietend van deze heerlijke details over haar leven. Story leunt tegen me aan, haar hoofd tegen mijn borst rustend. Maxim en Sasha wisselen weer een blik, alsof ze niet kunnen geloven dat ik met iemand knuffel. Of misschien dat iemand met mij knuffelt.

Het lijkt inderdaad vreemd en fantastisch dat Story me gewoon accepteerde. We gingen van vreemden naar geliefden in een oogwenk.

Relaties eindigen altijd snel voor mij.

Ze gelooft dat dit net zo snel zal eindigen als het begon. Misschien is dat haar manier van doen met mannen - snel om ze binnen te laten, snel om ze eruit te gooien. Dat lijkt te passen bij haar raadselachtige persoonlijkheid.

Hoewel de gedachte aan dit einde me verscheurt, rijst er iets standvastigs en koppigs in me op. Ik zal nog steeds van haar zijn. Ik zal niet stoppen met naar haar optredens te gaan. Ik zal altijd zijn wat ze nodig heeft dat ik voor haar ben. Zelfs als het alleen maar de man in het publiek is op wie ze tijdens haar shows kan klimmen.

Ik geef een kus op haar hoofd, en ze glimlacht naar me. Ik kus haar opnieuw, dit keer op haar voorhoofd.

'Ik ben blij dat jullie twee eindelijk samen zijn,' zegt Sasha met een warme glimlach.

Story's blik daalt. 'Ja.'

Ik breng mijn hand naar haar nek en knijp er zachtjes in. *Het is oké*, wil ik haar vertellen. Geen druk. *Je bent van mij, of je me nu terug eist of niet.*

HOOFDSTUK 8

Story

Ik blijf nog een uur hangen met Oleg en zijn vrienden in het woongedeelte, waar ik Ravils vrouw Lucy ontmoet als ze binnenkomt na een zwempartij. Blijkbaar heeft dit miljonairs verblijf een verwarmd zwembad en bubbelbad op het dak. Ik ben bijna verleid om aan Oleg te vragen of we naakt kunnen gaan zwemmen, maar ik begin rusteloos te worden.

Maar naarmate de dag vordert, voel ik steeds meer de behoefte om terug te gaan naar mijn eigen plek. Ik moet morgen lessen geven. Of misschien is dat gewoon mijn excuus. Ik heb ook deze onderliggende, knagende angst om weg te gaan. Het is het gevoel dat ik krijg wanneer relaties een bepaalde fase bereiken. Deze is sneller op dit punt gekomen dan de meeste, maar het is ook intenser geweest dan de meeste. We hebben een paar maanden in de afgelopen week gepropt.

'Nou, ik zou moeten gaan.' Ik draai me om, om van de barkruk af te glijden waarop ik sinds de lunch heb gezeten.

Oleg blokkeert mijn weg, bezorgdheid op zijn gezicht.

Ik verander van richting en glijd aan de andere kant eraf,

behendig een snelle stap zettend in de richting van Olegs kamer. 'Het was zo leuk om met jullie rond te hangen.' Ik draai me om en zwaai naar de groep. Oleg is vlak achter me.

Ik loop terug door de gang naar zijn kamer en schuif mijn voeten weer in mijn legerkisten. Ik pak mijn jas en gitaar.

Oleg schudt zijn hoofd.

'Oleg, ik kan hier niet voor eeuwig blijven.'

Hij beweegt niet, maar hij blokkeert de deur.

'Kun je me naar mijn huis rijden?'

Hij aarzelt en schudt dan zijn hoofd.

'Geen probleem,' zeg ik, terwijl ik mijn telefoon tevoorschijn haal. 'Ik bestel wel een Lyft.'

Oleg pakt mijn telefoon van me af.

'Hé.' Ik begrijp dat hij niet kan praten, maar hij gaat te ver.

Hij omvat mijn gezicht met zoveel tederheid dat ik nauwelijks boos kan blijven.

'Ik moet echt gaan.'

Een half-uitgewerkt idee vormt zich. Wetende dat hij niet lijkt te willen dat zijn vrienden weten wat er gisteravond is gebeurd, draai ik me om en schiet door de deur terug naar de woonkamer en open dan de deur naar de lifthal vanaf daar.

Oleg zit vlak achter me, maar zoals ik al dacht, vangt of stopt hij me niet.

De liftdeur staat open, en ik stap erin. Ik druk op de knop terwijl Oleg zijn lichaam tussen de deuren wurmt om te voorkomen dat ze sluiten.

Hij schudt zijn hoofd naar me.

'Ik kan hier niet voor altijd blijven, Oleg. Ik voel me opgesloten, en je hebt me niet verteld wat er aan de hand is.' Ik geef hem een veelbetekenende blik.

Het siert hem dat hij iets terugdeinst. Alsof communiceren niet eens bij hem was opgekomen.

'Ik wil deze ruzie niet met je hebben,' zeg ik hem, ook al hebben we eigenlijk geen ruzie. We zijn zoveel liever tegen elkaar dan de meeste mensen die ik ken, zelfs als we het oneens zijn.

Hij schudt weer zijn hoofd, zijn ogen worden groot bij het woord *ruzie*.

Maar hij weigert te bewegen. Hij houdt de deur open en knikt met zijn hoofd in de richting van zijn kamer.

'Nee hoor. Ik moet nu echt weg. Ik moet morgen lessen geven.'

Hij klopt met zijn knokkels tegen de deur en knikt weer. Ik krijg het gevoel dat hij probeert niet bedreigend over te komen, wat moeilijk is voor een man van zijn grootte en postuur. Ik zag hoe imposant hij was tegenover mijn losbandige leerling in mijn appartement, en daar hoefde hij alleen maar zijn armen over zijn massieve borst te vouwen.

Mijn keel werkt. 'Je wilt niet dat ik wegga.'

De lift laat zijn ergernis horen met een 'ding'.

Hij wenkt me weer. Deze patstelling begint echt vervelend te worden.

Hij stapt in en pakt mijn gitaar, tilt me vervolgens heel voorzichtig over zijn schouder. Hij voorkomt dat de liftdeuren sluiten met mijn voet. Zijn hand vormt zich over mijn kont. Geen tik dit keer, dit voelt gewoon bezitterig. Ik schop met mijn benen. 'Verdomme, Oleg. Dit is niet cool.'

Hij draagt me de gang door naar de deur die direct naar zijn slaapkamer leidt.

'Je moet met me praten,' waarschuw ik, mijn stem verstomd. 'Ik weet niet hoe, maar je moet me vertellen wat er in godsnaam aan de hand is. Ik heb geen zin meer in raadsels.'

Oleg stopt. Hij staat daar in de gang, bewegingloos. Houdt me gevangen over zijn schouder.

Oleg

Blyad'.

Mijn leven is lelijk. Ik ben er nooit trots op geweest, maar ik heb gedaan wat ik moest doen om in leven te blijven. Toch is het een ander verhaal om mijn kleine zwaluw eraan bloot te stellen. Ze zal zo snel wegrennen dat het trottoir onder haar voeten in brand zal vliegen.

En als ik deze duisternis naar buiten ga laten, als ik Story over mijn verleden ga vertellen, zou ik ook schoon schip moeten maken met mijn celbroeders. Mijn verraad door verzwijging toegeven. Ik wist dat deze dag op een gegeven moment zou komen, en elke dag die verstreek, wenste ik dat het niet zou gebeuren. Want ik ben om deze familie gaan geven. Ik vertrouw ze. Ik reken op ze.

En nu zullen ze erachter komen dat ze mij niet kunnen vertrouwen.

Maar voor Story ben ik bereid alles wat ik hier heb te verliezen. Ze zei dat we ruzie hadden, wat me doodsbang maakte. Ik kan het idee niet verdragen dat ze boos op me is. Dit meisje is het hart dat in mijn verdomde borst klopt. Het laatste wat ik wil doen is haar pijn doen of zelfs maar irriteren.

Ik verander van richting en loop terug naar de deur van het penthouse, terwijl ik Story naar binnen draag.

'Eh... volgens mij moet je haar laten gaan als ze weg wil,' zegt Nikolai vanaf de ontbijtbar waar hij op zijn laptop werkt. Ik laat Story op haar voeten zakken en ga naar het notitieblok en de pen op de ontbijtbar, en schuif het naast Nikolai.

Ik begin een bericht voor haar te schrijven - maar het is primitief en grof. Ik spreek niet, en ik ben ook geen schrijver. Nikolai leest en vertaalt het bericht over mijn schouder. 'Ik kan je niet laten gaan. Het spijt me zo, Story.'

'Eh, wat de fuck, Oleg?' zegt Nikolai. Zijn tweelingbroer

staat op van zijn werktafel om dichterbij te komen, terwijl hij een berichtje stuurt. Waarschijnlijk vertelt hij alle anderen om naar de woonkamer te komen.

Story steekt haar hand op, haar ogen op mijn papier gericht, ook al kan ze het niet lezen.

Ik krabbel op het papier. Nikolai leest het. 'Je bent in gevaar door mij. Je moet hier blijven waar ik je kan beschermen.'

Story knikt. 'Oké, dat dacht ik al. De mensen die het op jou gemunt hebben, weten dat je om me geeft. Daarom wachtten ze bij Rue's.'

Ik kijk haar aan en knik. Ik ben dankbaar en geschokt door hoeveel Story zonder uitleg begreep. En ze is gisteravond niet gillend weggerend.

En inderdaad, Sasha en Maxim komen uit hun kamer, en Ravil komt ook tevoorschijn.

'Welke mensen hebben het op je gemunt?' vraagt Nikolai.

'Mag ik veronderstellen dat de mannen die Maxim vorige week heeft afgehandeld niet achter Sasha aan zaten?' Ravils toon is gevaarlijk.

Ik knik.

'Wanneer was je van plan om het me te vertellen?' wil Ravil weten.

Ik krijg een uitdrukkingsloos gezicht - mijn gebruikelijke standaard - als ik niet wil reageren. Stom zijn maakt het normaal gesproken gemakkelijk om vragen te ontwijken.

'Wie wachtte bij Rue's?' Ravil richt zijn stille autoriteit op Story.

'Een paar gasten. Russisch. Ze leken op me te wachten,' zegt Story. 'Bij de achterdeur, op de parkeerplaats. Oleg...' - haar keel werkt terwijl ze slikt - 'Eh, Oleg heeft ze aangepakt.'

Maxim geeft me een grimmige blik. Tegen Story zegt hij zachtjes: 'Het spijt me dat je dat hebt moeten zien.'

Ravil nagelt me vast met een onderzoekende blik. Na een

moment van geladen stilte zegt hij: 'Story, ik moet even onder vier ogen met Oleg praten.'

'Nee.' Story stapt dichter naar me toe. Ik trek haar tegen mijn zij. 'Ik ben hier nu onderdeel van, en ik moet weten wat het is,' beweert Story.

Maxim schudt zijn hoofd. 'Nee, schatje. Alles wat je hoort, brengt je in groter gevaar. We zullen jullie twee helpen communiceren, maar-'

'Ik maak er deel van uit.' Mijn *shalun'ya* heft haar kin uitdagend op.

'Oleg?' vraagt Ravil me.

Verdomme. Natuurlijk wil ik niet dat ze iets hoort. Maar zoals ze al opmerkte, ze maakt er al deel van uit. En ik ben niet in staat haar iets te weigeren. Ze zei dat we ruzie hadden omdat ik haar niet had verteld wat er aan de hand was.

Ik knik.

'Goed dan.' Hij gebaart naar het kantoor. 'Max.' Ravil beveelt Maxim om te volgen, en we lopen met zijn vieren naar Ravils kantoor, waar hij de deur sluit en achter zijn bureau gaat zitten. Maxim zakt in de stoel in de hoek. Ik trek een stoel naast de mijne voor Story, maar ze laat zich in plaats daarvan op mijn schoot zakken. Mijn armen sluiten zich om haar heen en trekken haar dicht tegen me aan terwijl ik mijn gewonde been van haar gewicht vandaan verplaats. Het is op dit moment een hete, kloppende pijnlijke plek, waardoor het moeilijk is om me te concentreren.

Ravil kijkt me een moment aan. 'In de twee jaar dat je bij me bent, heb je nooit over je verleden gepraat.'

Ik beweeg niet.

'Ik weet dat je twaalf jaar in een Siberische gevangenis hebt gezeten voor een drugs aanklacht. Ik geloofde dat je daarvoor bij de bratva zat, en dat ze je tong hadden uitgesneden, maar nu ben ik daar niet zo zeker van. Ik weet wel dat je binnen als handhaver voor bratva-leden optrad. Timofey Gurin schreef je introductie naar mij.'

Ik maak geen beweging. Er was geen vraag, en ik kan niet spreken om stiltes te vullen. Story speelt met mijn vingers die op haar dij liggen, en knijpt in mijn duim.

'Ik ging ervan uit dat je ergens voor op de vlucht was, anders had je Rusland niet verlaten. Ik dacht dat het je oude cel was. De introductie zou net zo gemakkelijk in Moskou hebben gewerkt. Of Sint-Petersburg. Of Kazan. Maar je kwam hierheen naar een land waar je de taal niet kende. Om voor mij te werken, een *pakhan* die je nooit had ontmoet.'

Nog een pauze om de stilte neer te laten dalen.

'Je weigerde te zeggen wie je tong eruit had uitgesneden.'

Dat klopt. Hij vroeg het me direct minstens drie keer toen ik net was aangekomen, en ik blokkeerde hem, zoals ik iedereen blokkeer.

'Het werd ofwel uitgesneden als straf voor iets wat je al had verteld, of het was om te voorkomen dat je in de toekomst zou praten.'

Als ik passief blijf, snauwt hij: '*Zeg me welke.*'

Ik haast me om mijn telefoon te pakken en stuur hem een bericht.

Hij leest de tekst hardop voor. '*Toekomst.* Dat dacht ik al. Dus nu is er iemand langsgekomen om je geheimen uit je te krijgen, is dat het?'

Ik knik.

'En ze ontdekten dat Story een drukmiddel is.'

Ik laat mijn voorhoofd tegen haar schouder zakken, de pijn van mijn situatie stroomt weer opnieuw.

Er valt een lange stilte, dan vraagt Ravil: 'Wie heeft je tong uitgesneden, Oleg?'

Ik beweeg niet om hem te antwoorden. Ik heb zijn hulp nodig. Zijn bescherming. Als hij me eruit gooit, zullen Story en ik schietschijven zijn. Ik mag dan uitblinken in doden, maar zelfs de eenvoudigste dingen zijn moeilijk voor mij zonder te kunnen communiceren. Maar mijn antwoord zal me ook verdoemen. Hij kan zich hoe dan ook van me ontdoen.

Er staat een enorme premie op Skal'pel'. Duidelijk nu ook op mij. Mensen moeten denken dat ik weet hoe ik bij Skal'pel' kan komen. Of weet wat de nieuwe identiteiten van zijn voormalige cliënten zijn. Misschien zoekt iemand naar een bepaalde cliënt - wie weet waarom ik plotseling in beeld ben.

Story kijkt nog aandachtiger naar me dan Ravil.

'Het was een interessante keuze, je tong eruit snijden. Hebben ze je ook voor de drugs-aanklacht erin geluisd?'

Ik schrik van de vraag, waarmee ik Ravil het antwoord geef dat hij zocht.

'Weet je, voor mij toont het een zekere genegenheid. Waarom je niet gewoon doden? Tenzij dit een persoon was die afkerig was van moord. Maar gezien je training en vaardigheid met allerlei soorten wapens, niet alleen je vuisten, betwijfel ik of dat het geval was. Je hebt niet geleerd wat je weet in de gevangenis.'

Mijn hart bonst pijnlijk in mijn borst. Ik versterk mijn greep op Story, die probeert me te kalmeren door lichtjes met haar nagels over mijn getatoeëerde onderarm te strelen.

'Heb ik gelijk? Er was liefde tussen jullie. Hij koos ervoor je het zwijgen op te leggen in plaats van je te doden. En dus bewaar je zijn geheimen.'

Ik laat een onzekere adem ontsnappen. Is dat waar?

Blyad'. Ik weet het niet. Misschien is het zo. Ik kwam uit het niets. Ik was niets. Skal'pel' gaf me een thuis en een baan toen ik nog een gretige-om-te-behagen jongen was. Hij liet me me een man voelen toen ik nog maar net op de rand van volwassenheid stond. Hij was een vaderfiguur toen ik er geen had. In ruil daarvoor was ik verdomd loyaal.

Ik had gedacht dat die loyaliteit stierf toen hij me ruïneerde, maar misschien zit er nog iets van in.

Nee.

Ik schud mijn hoofd.

'Nee, je bewaart zijn geheimen niet?'

Ik staar naar Ravil en voel me plotseling misselijk. Ik bewaar ze wel. Maar het was geen bewuste keuze. Ik kan verdomme niet praten! Behalve dat ik denk dat Ravil gelijk zou kunnen hebben. Een deel van mij zou nog steeds Skal'pel' kunnen beschermen en, standaard, zijn cliënten. Loyaliteit is een karaktereigenschap die ik niet weet uit te schakelen.

Ravil vlecht zijn vingers en legt ze tegen zijn kin. 'Als ik je zou laten kiezen, Oleg, tussen mij en hem, wie zou het dan zijn?'

Story draait zich om om me in mijn gezicht te kijken. Ik verwacht de berg verdriet niet die over me heen stroomt, ook al ben ik zeker van mijn antwoord. Het is verdriet over wat Skal'pel' me heeft aangedaan. De pijn van verraad door een man die als een vader voor me was.

Ik wijs naar Ravil.

Geen wedstrijd. Hij is de betere man, honderd keer beter.

'Goed.' Er zit sympathie in Ravils blik. Alsof hij mijn pijn ziet. 'Dan heb je mijn bescherming. Story ook, dat spreekt voor zich.'

'Maar?' eist Story.

Ravil trekt zijn wenkbrauwen op.

'Het klonk alsof er een *maar* zou komen.'

Ze heeft gelijk, zo klonk het.

Ravil haalt zijn schouders op. 'Maar als en wanneer ik je nodig heb om los te laten, laat je los.'

Ik zweet het, maar ben koud. Ik staar naar Ravil.

'Het kan me geen reet schelen voor wie je hebt gewerkt, Oleg,' vertelt hij me, en ik kan plotseling weer ademen. 'Je hebt me nooit gedwarsboomd. Je felle loyaliteit is een deel van wie je bent. Ik ga je niet de schuld geven of er meer achter zoeken dat je nog steeds loyaal bent aan iemand die je heeft genaaid.'

De kamer lijkt te draaien. Ik weet niet waarom ik wil huilen als een verdomde baby.

Story lijkt het te voelen omdat ze haar gezicht in mijn nek nestelt en aan mijn huid knabbelt.

Maxim vouwt zijn armen over zijn borst en kijkt van mij naar Ravil. 'Iets vertelt me dat jij precies weet voor wie hij werkte.'

Ravil spreidt zijn handen. 'Ik heb een vermoeden.'

'Alsjeblieft,' spoort Maxim aan. 'Ik kan het niet oplossen als ik niet weet waar we verdomme mee te maken hebben.'

Ravil kijkt zijn kant op. 'Heb je een goede blik op Olegs tong geworpen?'

Story verstevigt haar greep op mijn duim, draait haar gezicht in mijn nek in solidariteit.

Maxim werpt me een blik toe en wrijft over zijn neus, wetend dat het een gevoelig onderwerp voor me is.

Ravil beantwoordt zijn vraag, die blijkbaar retorisch was. 'Ik wel. En het zag er verdomd schoon uit. Geen ruwe snede. Geen zichtbaar littekenweefsel. Bijna alsof het dichtge-schroeid werd. Of met een laser werd gedaan.'

Laser. Dat was niet bij me opgekomen, maar het is logisch. Ik werd niet wakker met een mond vol bloed. Een snijwond zou ervoor hebben gezorgd dat ik in mijn eigen bloed zou stikken. Ik werd wakker met een stomp. Het was opgezwollen en verschrikkelijk pijnlijk, maar het bloedde niet.

Story slikt, trekt zich terug om me nauwlettend te bekij-ken. Ik trek haar dichter tegen me aan.

Het gaat wel met me, wil ik haar vertellen.

Ze lijkt het te begrijpen want ze knikt.

'Dus hoeveel artsen kennen we die aan de verkeerde kant van de wet werkten? Zwarte marktoperaties? Misschien identiteitsveranderingen?'

'*Blyad*', vloekt Maxim. '*Skal'pel*'. Je werkte voor Skal'pel'?'

Ik antwoord niet.

Maxim staat op en loopt naar me toe. Hij legt zijn hand op mijn schouder. 'Je kunt het me vertellen. Het kan me ook geen reet schelen wat je in het verleden hebt gedaan. Je bent nu mijn broer.'

Ik knipper tegen het steken in mijn ogen en knik.

'Dus ik gok dat je minstens twintig gasten kunt identificeren die de bratva dood willen hebben.' Zegt Maxim.

Ik haal mijn schouders op. Misschien. Het was niet mijn taak om gezichten of namen te onthouden - niet de oude, noch de nieuwe. Maar ja, misschien.

'En je weet niet waar je oude baas naartoe is verdwenen?' vraagt Ravil.

Ik schud mijn hoofd.

'Ik ga hem voor je vinden, Oleg,' belooft Maxim. 'En als jij hem niet wilt doden voor wat hij je heeft aangedaan, dan doe ik het wel.'

Ik erken het ongemak dat dit me brengt. Ik wil hem niet doden. Althans, dat wilde ik voorheen niet.

Heb ik al die jaren gewacht tot hij contact met me zou opnemen? Om me terug te nemen?

Het lijkt krankzinnig, maar ik denk dat een deel van me dat wel deed. Alsof ik nog steeds bij die wrede vaderfiguur hoorde. Ik had hem niet vergeven, maar ik wachtte.

Story drukt de achterkant van haar hand tegen mijn nek, dan haar lippen tegen mijn hoofd. Ze draait zich om naar Ravil. 'Ik weet dat dit gesprek belangrijk is, maar hij heeft een dokter nodig. Oleg is gloeiend heet.'

HOOFDSTUK 9

Story

Ravil staat op. 'Haal Svetlana,' zegt hij tegen Maxim, die zijn telefoon pakt om te sms'en. Aan mij legt hij uit: 'Ze is een vroedvrouw die in het gebouw woont. Ze zou antibiotica moeten hebben.'

Ik wil Oleg vasthouden. Niet vanwege de koorts, hoewel ik me daar zorgen over maak. Maar omdat wat er net in dit kantoor is gebeurd, wat belangrijk leek. Belangrijk voor hem. En ik begrijp er nog steeds niets van.

Ik ben deels opgelucht, deels gefrustreerd om te zien dat Olegs muren niet alleen voor mij zijn. Ze zijn voor iedereen om hem heen - inclusief de mensen met wie hij samenwoont en blijkbaar van houdt.

Ravil noemde hem uiterst loyaal, en ik besef dat hij dat ook voor mij is geweest. Hij besloot op een bepaald moment mijn grootste fan te worden, en niets kon hem van die taak afbrengen. Nu moet hij mijn beschermer zijn.

Zijn loyaliteit aan mij zorgt ervoor dat ik hetzelfde voel. Ik ben normaal gesproken misschien wispelturig en onbe-trouwbaar in relaties - althans de intieme relaties - maar er was geen twijfel toen ik hem bloedend in mijn busje vond en ik volledig voor hem ging. En geen twijfel toen we werden overvallen bij Rue's. Wat hij ook doet, ik blijf naast hem staan.

Zodra we het doorstaan hebben, ga ik waarschijnlijk weg, maar ik laat vrienden in nood niet in de steek.

Hij is meer dan een vriend, fluistert een stem in mijn hoofd.

Ik nestel me in zijn nek en kus zijn hete huid. 'Je zou moeten gaan liggen,' mompel ik.

Nee. Hij beweegt niet, maar ik hoor het woord duidelijk in mijn hoofd.

Ik sta op en trek aan zijn hand. 'Kom op. Svetlana moet naar je wond kijken.'

Hij pakt me om mijn middel vast en tilt me terug op zijn schoot. Met zijn telefoon sms't hij met één hand en stuurt een bericht.

Ravils telefoon piept. Hij leest het bericht en kijkt naar mij.

'Wat staat er?' vraag ik. Dit letterlijke telefoonspelletje maakt me gek.

'Er staat: *praat met Story*.' Ravil zegt het als een verontschuldiging. Alsof hij al weet dat het me kwaad zal maken, en dat doet het ook.

Ik draai me om en kijk Oleg woedend aan. 'Ik heb je gezegd dat niet te doen.'

Zijn blik terug is leeg. Ik wil die onverschillige muur het liefst neerslaan. 'Oleg, wat betekent *praat met Story* in godsnaam?' eis ik.

'Ik vermoed dat hij wil dat we de kwestie oplossen dat jij het pand wilt verlaten,' zegt Maxim kalm naast ons.

Oleg knikt.

Oké, dat is logisch. Maar ik ben nog steeds pissig. 'Zeg niet *praat met Story*,' zeg ik tegen Oleg. Zijn stoïcisme brokkelt af onder mijn boze blik. Hij knippert. Zijn lippen bewegen. Ik zweer bij God dat hij het woord *sorry* vormt.

'Was dat *sorry*?' vraag ik.

Hij knikt. Hij ziet er berouwvol uit.

'Dank je.' Mijn schouders zakken. Ik wijs naar mijn borstbeen. '*Jij* praat met mij. Laat hen het niet voor je doen. Ik ken hen niet eens.'

Ik ken Oleg nauwelijks, denk ik, maar dan erken ik dat dat niet waar is. Ik ken hem intiem. En ik heb het gevoel dat ik hem altijd heb gekend.

Oleg lijkt ontmoedigd. Ik denk niet dat hij ademhaalt. Hij kijkt naar zijn telefoon en dan weer naar mij. Dan typt hij iets.

Ravil leest het voor. 'Ik wil dat je hier blijft. Alsjeblieft, *lastochka*.' Ravil kijkt naar Maxim. 'Welke vogel is dat in het Engels?'

Maxim schraapt zijn keel. 'Swallow.'

Swallow. Hij heeft een koosnaampje voor me. En ik had het nog nooit gehoord. Maar net als elke zangvogel haat ik het om opgesloten te worden. De angst die ik voel voordat ik het uitmaakt met een jongen steekt sterk de kop op. 'Ik heb lessen te geven, vanaf morgen. En optredens vrijdag en zaterdag.'

Ja, ik ben irrationeel. Gisteravond stond er een pistool tegen mijn hoofd. Ik zou niet aan lessen en optredens moeten denken.

Oleg fronst en schudt zijn hoofd.

Maxim werpt tegen: 'Sorry, schatje. Je blijft hier rustig zitten terwijl wij uitzoeken wie het op jou en Oleg heeft gemunt en we het hebben laten verdwijnen.'

'Dat klopt,' zegt Ravil. 'Ik haat het om je een beeld te schetsen, maar ik zal het doen. Iemand wil weten wat er in Olegs hoofd zit, en ze weten dat hij om je geeft, wat betekent dat je leven in gevaar is. Tenzij je opgepakt en gemarteld wilt worden terwijl Oleg toekijkt, blijf je waar we je kunnen beschermen. Ik ga niet uitweiden over wat er zou gebeuren nadat ze hebben gekregen wat ze wilden, als Oleg het überhaupt kan geven.'

Een spier trekt in Olegs wang. Hij zuigt scherp adem in door zijn neusgaten.

'Juist. Oké.' Mijn stem klinkt beverig. Dat is logisch. Ik draai mijn vingers om elkaar heen. 'Eh, ja. Ik zal mijn lessen afzeggen.'

'Dat zal je doen.' Ravil loopt naar de voorkant van zijn bureau en leunt erop.

'Maar wat met de optredens dit weekend? Ik heb geen vervanger.'

Oleg gromt zijn ongenoegen.

'Je zult die ook afzeggen, als we dit niet hebben opgelost,' zegt Ravil.

Maxim staat op om te ijsberen. 'Wie kwam er zaterdag achter je aan?' vraagt hij aan Oleg. 'Kende je ze?'

Oleg schudt zijn hoofd en typt op zijn telefoon. Ravil leest de tekst hardop voor in het Engels. *Ik herkende niemand. Ze leken op premiejagers.* 'Wie heeft het op jou gemunt?' vraagt Ravil.

Oleg haalt zijn schouders op en typt opnieuw. *Kan iedereen zijn die erachter is gekomen voor wie ik werkte. Ze willen waarschijnlijk weten waar ze hem kunnen vinden. Of waar ze een van zijn medewerkers kunnen vinden.*

'En weet jij dat?' vraagt Ravil.

Oleg schudt zijn hoofd en typt: *het is twaalf jaar geleden. Ik zat in de gevangenis en bij jou. Ik weet niets.*

'Maar wie er ook achter je aan zit, ze zullen waarschijnlijk blijven proberen,' vraagt Maxim.

Oleg knikt.

'Nou, misschien is de beste verdediging een goede aanval,' zegt Maxim.

Nee. Ik hoor Oleg het met zijn hele wezen zeggen voordat ik zelfs maar begrijp waar ze het over hebben. Hij sprak niet en schudde zijn hoofd niet, maar zijn lichaam verstijft en zijn handen klemmen zich om me heen.

Blijkbaar is Maxim ook bedreven in het lezen van Olegs non-communicatie. 'Je weet dat ik gelijk heb.'

Oleg schudt zijn hoofd.

'Wacht... waar hebben we het over?' vraag ik.

Ravil houdt zijn handen losjes in zijn schoot. 'We hebben het erover om jou als lokaas te gebruiken, Story.'

Een koude rilling gaat door me heen, vooral wanneer Oleg me vasthoudt alsof iemand me uit zijn armen probeert te rukken.

'Als we niet achterhalen wie er achter deze aanvallen zit, kunnen we niet voorkomen dat ze blijven gebeuren. Je zult hier voor altijd moeten onderduiken, en je hebt al gezegd dat je daar niet voor bent.' Ravil kijkt naar Oleg. 'We gaan allemaal naar het optreden. En ik zal niemand aan haar laten komen. We moeten gewoon iemand levend pakken, zodat we hem kunnen ondervragen. Uitvinden wie jou wil en welke informatie ze zoeken. Tot de bodem gaan.' Hij kijkt naar Maxim, die zijn handen opsteekt in overgave.

'Ik weet het. Mijn fout dat ik de eerste drie heb afgemaakt zonder eerst antwoorden te krijgen. Ik heb het verknald,' geeft Maxim toe.

Oleg schudt zijn hoofd.

O God, ik ben zo buiten mezelf. 'Ja,' antwoord ik. 'Laten we het doen.' Ik kan de optredens niet afzeggen. Er is niemand die me kan vervangen, en ik wil de bars niet in de steek laten. Het is onprofessioneel. Angst kolkt in mijn maag, maar ik vertrouw erop dat deze jongens me zullen beschermen. Oleg alleen al is een formidabele lijfwacht. Hij redde me toen hij werd overmeesterd en ik al in de handen van de vijand was. Als al zijn bendeleden of vrienden of wat dan ook daar zullen zijn, ben ik waarschijnlijk veilig.

Bovendien kan ik hier niet langer blijven dan deze week. Ik kan de tijdbom van onze relatie praktisch horen aftikken. Elke minuut dat ik blijf, zink ik dieper weg bij Oleg, wat de dingen alleen maar moeilijker zal maken wanneer het eindigt.

Ik sta op. 'Dus ik blijf tot vrijdag, en dan lossen jullie het probleem op,' vat ik samen. 'En dan kan ik terug naar mijn normale leven.'

Oleg staat op, zijn wenkbrauwen over zijn ogen.

Er wordt op de deur geklopt. Dima doet de deur open om een slanke jonge vrouw in de twintig met aardbeiblond haar binnen te laten. Hij volgt haar.

'Natasha,' zegt Ravil. Hij klinkt licht verrast.

De naam komt me bekend voor, maar het duurt even voor ik besef waarom. Dan herinner ik me - Natasha was de massagetherapeut waar Dima en Nikolai over ruzie maakten.

'Sorry, ik weet dat jullie mijn moeder verwachtten. Ze is weg om een baby te helpen bevallen, maar ze kreeg Maxims bericht en vroeg me om dit naar boven te brengen.' De jonge vrouw houdt een grote fles pillen omhoog. 'Ze zei dat ik moest zeggen dat ze langs zal komen om degene met de infectie te controleren.' De jonge vrouw werpt snel een blik op mij. 'Hoi.'

'Hoi.' Ik loop naar voren en neem de pillen aan. 'Staat de dosering hierop?'

'Ze zei dat je er nu één moet nemen, en één voor het slapengaan als zij er dan nog niet is.' Natasha kantelt haar hoofd. 'Zijn ze voor jou?'

Ik knik in Olegs richting. 'Ze zijn voor Oleg. Hij heeft een wond. Ik vermoed dat die geïnfecteerd is. Ik hoop dat het alleen dat is.'

'Mag ik het zien? Ik kan een kompres maken. Ik help mijn

moeder al sinds de basisschool, en ik ben een gediplomeerd massagetherapeut. Ik ben gespecialiseerd in natuurlijke remedies. Ik heb thee, tincturen, etherische oliën, zalven - noem maar op.'

Ik kijk naar Oleg voor zijn toestemming. Natuurlijk, zoals gewoonlijk, is er niets op zijn gezicht te zien, dus ik neem de beslissing voor hem. 'Ja, dat zou geweldig zijn.'

Oleg doet een stap maar verliest zijn evenwicht, en steekt een hand uit om de stoel te pakken, die hij bijna omgooit.

Natasha wankelt achteruit tegen Dima aan, die haar opvangt met een arm om haar middel en een hand op haar heup.

'Een beetje hulp,' roep ik, terwijl ik onder Olegs arm duik om zijn enorme lichaam te ondersteunen, maar hij herwint zelf zijn evenwicht. Ik merk dat Dima Natasha nog niet heeft losgelaten. Hij buigt zijn hoofd alsof hij de bovenkant van haar hoofd wil kussen of aan haar haar wil ruiken, maar stopt een centimeter ervoor. Zijn oogleden zakken alsof het hebben van zijn handen op haar een onverwacht genoegen is. Hij laat haar pas los als ze zich naar hem toe draait, blozend, en iets mompelt dat ik niet begrijp. Het klonk als: 'Spasibo.'

Interessant. Iemand is verliefd.

'Ben jij ook Russisch?' vraag ik terwijl ik haar de deur uit volg. Dima houdt hem open en gaat ons dan voor door de gang, alsof we een escorte nodig hadden.

'Ja,' glimlacht ze.

'Is iedereen in dit gebouw Russisch?' Ik zeg het als grap, maar Natasha knikt glimlachend.

'Ja. Daarom staat het bekend als het Kremlin. Ravil verhuurt alleen aan Russen en tegen prijzen die we nergens anders in de stad zouden vinden.' Ze werpt een dankbare blik over haar schouder naar Ravil, die achter ons het kantoor heeft verlaten. 'Hij zorgt voor zijn mensen.'

Hij zorgt voor zijn mensen. Ja, zoals elke maffialeider. Hij is zachtaardig, maar ik kon aan de spanning bij Oleg zien toen hij hem ondervroeg, dat hij respect heeft en zijn baas hoog acht. Ravil hanteert zijn macht rustig.

Ze zijn allemaal moordenaars. Gevaarlijke mannen in gevaarlijke zaken. Ik blijf proberen dat in een doosje te stoppen en te vergeten, maar er knaagt een angst op de achtergrond. Ik heb een hoge drempel voor trauma en chaos, maar dit alles begint me te raken. Mijn vermogen om het in vakjes te stoppen begint te rafelen.

Terwijl we lopen, merk ik dat Oleg zijn been een beetje ontziet. Hij loopt niet mank, maar er zit een verstijving in zijn romp als hij erop loopt. Christus, waarom heb ik niet eerder opgemerkt dat hij niet is genezen? Er is zoveel geweest om te ontcijferen en te interpreteren en te proberen te begrijpen sinds hij me hier heeft gebracht. Ik voel me volkomen in het diepe gegooid met dit alles.

Ik knijp in zijn hand en hij kijkt op me neer. Het is vaag - nauwelijks waarneembaar - maar ik zie de schaduw van een glimlach in zijn mondhoeken.

Ik wil niet nadenken waar dit heen gaat. Hoe dicht ik me bij hem begin te voelen, omdat ik me moet wapenen tegen het idee dat dit iets echts kan worden. Ik kan niet gaan geloven dat dit iets is waar ik op kan rekenen. Dat kan niet. Hij is Russische maffia. Ik ben allergisch voor relaties. Dit kan niet werken.

Toch produceert die zweem van een glimlach dezelfde wervelende warmte die ik altijd voelde als de zaterdagen naderden en ik wist dat hij er zou zijn om naar me te kijken. Klaar voor alles wat ik zijn kant op gooide - op zijn tafel staan. Op zijn schouders klimmen. Hem mij laten vangen als ik van het podium afsprong.

We lopen door de woonkamer en keuken naar Olegs kamer. Dima is nog steeds bij ons, hij leidt de weg. 'Dus, wat is jouw connectie hier?' vraagt Natasha, wat ik besef een aardige manier is om te vragen wie ik ben. Ik heb mezelf nooit voorgesteld.

'Ik ben Story. Een vriendin van Oleg.'

'Aangenaam.'

'Jij ook.'

Dima opent de deur en stapt naar binnen. We volgen allemaal, maar Oleg aarzelt en blijft in het midden van zijn kamer staan.

'Broek uit, grote jongen,' zeg ik tegen hem. Hij schopt zijn laarzen uit en maakt zijn spijkerbroek los.

'O, eh. Waar zit de wond?' vraagt Natasha.

Dima stapt dichterbij alsof hij haar wil beschermen tegen een ongewenst geslachtsdeel als dat tevoorschijn komt.

Oleg wankelt weer op zijn voeten, en ik kom dichterbij om hem voorzichtig te helpen zijn spijkerbroek over zijn wond te krijgen en dan te gaan zitten.

Jezus Christus. Het verband is doordrenkt met geel en rood en wanneer Natasha naast hem knielt en het voorzichtig terugtrekt, happen we allebei naar adem. De randen van de wond zijn gezwollen en ontstoken, en er komt pus uit. Ik kijk weg, plotseling misselijk.

'Oké, wow. Zeker geïnfecteerd. Geef hem om te beginnen een van die antibiotica pillen.' Natasha wijst naar het potje dat ik vasthoud.

Ik kom in actie. 'Juist. O mijn God.' Mijn handen trillen terwijl ik hem open wrik.

Dima vertrekt en komt terug met een glas water, dat hij aan Oleg geeft, die de pil neemt en doorslikt.

'Ik ga naar beneden om een kompres te maken. Heb je waterstofperoxide die je over de wond kunt gieten?' Natasha staat op.

Ik kijk naar Dima die knikt. 'Ik haal het.'

'Waarom heb je me niet verteld dat je je niet goed voelde?' Vraag ik.

Oleg trekt me naar zijn andere kant en zet me op zijn goede knie.

'O mijn God! Ik zat op je wond!'

Hij schudt zijn hoofd.

'Nee? Je kunt sterven aan zo'n infectie. Wat als je MRSA hebt? Ik had je naar het ziekenhuis moeten brengen toen het gebeurde.'

Oleg schudt lichtjes zijn hoofd en sluit zijn ogen.

'Oleg?'

Zijn ogen gaan open, en hij staart naar me.

'Je voelde je waarschijnlijk de hele tijd ellendig. Waarom heb je me dat niet verteld?'

Hij schudt zijn hoofd.

'Je *moet* beginnen met mij te communiceren.'

'Ik kan daarbij helpen.' Dima verschijnt weer met de waterstofperoxide en een washandje. Hij draagt ook een tablet, die hij aan Oleg geeft. 'Ik heb alles voor je geregeld, man.' Hij raakt het scherm aan, waarop een toetsenbord met het Russische alfabet verschijnt. 'Je typt hier, het spuugt het Engels uit voor Story. Het kan het zelfs hardop uitspreken, hoewel ik geen stem met een Russisch accent heb gevonden.' Dima grijnst.

Ik giet royaal waterstofperoxide over Olegs wond heen, en vang de druppels op met het washandje. Ik haal diep adem wanneer het bubbelt en sist over de open wond.

Oleg typt iets met zijn wijsvinger. Hij is traag. Ik stel me voor dat zijn grote vinger het moeilijker maakt.

'Druk hierop om het hardop te laten spreken.' Dima wijst naar het scherm.

Een mannelijke stem met een Australisch accent zegt: 'Maak je geen zorgen om mij, zwaluw.'

Ik ontmoet zijn blik. 'Wat was *zwaluw* in het Russisch?' vraag ik.

Oleg kijkt neer op het scherm, alsof hij niet zeker weet

hoe hij de taal moet omdraaien, maar Dima antwoordt voor hem. '*Lastochka*. Is dat hoe hij je noemt? Ik kan dat woord instellen om niet vertaald te worden, als het je koosnaampje is.' Hij pakt de tablet en typt iets in.

Natasha verschijnt weer en behandelt de wond met een kompres, en daarna laten zij en Dima ons alleen.

Oleg valt achterover op het bed. Ik krul me tegen zijn zij, met mijn hoofd op zijn schouder. Hij kijkt naar me en wijst naar mijn borst en dan naar zijn eigen.

'Ik hoor bij jou?'

Er verschijnt een klein lachje. Ik heb het niet goed, maar hij houdt van mijn interpretatie. Hij knikt.

'Oleg, ik-'

Hij stopt mijn woorden met een vinger op mijn lippen en herhaalt dan het gebaar, in omgekeerde volgorde.

'Jij hoort bij mij?' Zijn lippen krullen weer omhoog. Hij knikt.

Ik kan niet stoppen met naar hem staren. Hij ziet er zo veranderd uit met die kleine glimlach. Veel jonger. Zo warm.

Hij hoort bij mij. Een deel van mij wil dat geschenk afwijzen. Omdat geloven dat het iets is waarop ik kan rekenen irrationeel is. Ik weet dat liefde niet blijvend is. Mensen blijven niet. We doen gewoon ons best terwijl we ons allemaal door het leven worstelen.

Dat is wat Oleg en ik nu doen. En het is een kostbaar moment, ondanks - nee, *vanwege* het drama eromheen.

Ik wil geloven wat hij me vertelt. Dat deze stevige, standvastige man er altijd voor me zal zijn. Voor altijd en eeuwig. Iets wat ik nog nooit met iemand in mijn leven heb gehad.

Misschien zou het echt waar kunnen zijn.

HOOFDSTUK 10

Oleg

Ik ben de rest van de middag buiten bewustzijn, vallend in en uit koortsige dromen. De ergste soort - het type dat precies verdergaat waar het echte leven ophield, zodat ik niet zeker weet of ze echt gebeuren of niet. Ik weet dat Natasha terugkwam om mijn wond te controleren en het kompres te vervangen. Dima stond achter haar als haar lijfwacht. Of misschien was dat ook een droom.

In één droom loopt Story het Kremlin uit terwijl ik slaap, en die bebaarde klootzak van Rue's schiet haar koelbloedig neer.

In een andere opereert Skal'pel' op haar, waarbij hij ook haar tong verwijdert, zodat ze nooit meer kan zingen.

Dan is hij hier in mijn slaapkamer met een pistool op haar gericht. Ik schrik wakker, een hese kreet ontsnapt aan mijn lippen. Ik grijp naar mijn pistool in mijn nachtkastje.

'Hé.' Story's stem klinkt door de kamer. 'Gaat het wel?' Ze zit opgerold in een stoel bij de grote ramen, haar gitaar op haar schoot.

Ik laat het pistool los voordat ze het kan zien, mijn hart

bonst. *Blyad!* Wat als ik het op haar had gericht voordat ik bij zinnen kwam? Die gedachte doet niets om mijn bonzende hart te kalmeren.

Story legt haar gitaar neer en komt naar het bed. Ze heeft een manier van bewegen die meer kinderlijk is dan die van een verleidelijke vrouw. Ze slaat stappen over. Springt op het bed met een stuiter in plaats van te kruipen. Het is een deel van haar wat haar zo fascinerend maakt voor me. Ze trekt de dekens terug en steekt haar benen in het bed om bij me te zitten en duwt dan de iPad die Dima me heeft gebracht onder mijn neus.

Ik staar er een moment naar, me herinnerend wat ik ermee zou moeten doen.

Ik had een nare droom, typ ik. De Australische *mudak* spreekt de woorden voor haar uit.

'Waarover?' vraagt ze.

Ik wijs naar haar. *Ik droomde dat hij jouw tong er ook uitsneed.*

Verdomme. Ik voel me zo rauw en kwetsbaar door mijn nachtmerrie te verwoorden, maar Story eist communicatie van me.

'Scalpel?' vraagt ze.

Ik knik.

'Wat was hij voor jou?' Haar bruine ogen doorzoeken mijn gezicht.

Verdorie. Ik heb dit verhaal nog nooit verteld, niet dat ik ooit over mijn verleden praat. Maar Story heeft natuurlijk het recht om het te weten. Ik frons terwijl ik over de letters ga, met beide wijsvingers zoekend en tikkend.

Toen ik veertien was, nam mijn moeder een baan als huishoudster bij een rijke plastisch chirurg genaamd Andrusha Orlov. Ik hielp mijn moeder soms na school, en de dokter mocht me. Hij betaalde me om klusjes voor hem te doen en nam een vaderlijke rol aan.

'Had je een vader?' vraagt Story, terwijl ze haar slanke benen onder zich vouwt om in kleermakerszit te zitten.

Ik schud mijn hoofd. *Ik heb hem nooit gekend. Hij vertrok toen ik jong was.*

'Dat spijt me.'

Ik haal mijn schouders op. *Toen ik zeventien was, vroeg Dr. Orlov me of ik een baan als zijn persoonlijke lijfwacht wilde. Ik was al bijna deze grootte. Hij had een beveiligingsteam, en het hoofd daarvan was een voormalig militair. Hij leerde me schieten. Vechten met mijn handen. Hij leerde me tweeënzeventig manieren om een man te doden.*

Ik wist niet waarom Orlov bescherming nodig had, maar het kon me niet schelen. Ik verdiende meer geld dan mijn moeder als zijn huishoudster en voelde me een man. Naarmate de tijd verstreek, nam hij me mee naar vergaderingen die hij hield met mensen in openbare restaurants of bars. Ik zat bij vergaderingen waar grote sommen contant geld van eigenaar wisselden. In de volgende vijf jaar was ik steeds meer getuige van Orlovs identiteitveranderende bedrijf.

Toen werd het te heet. De St. Petersburg bratva kwam achter hem aan toen ze hoorden dat hij een operatie had uitgevoerd op een man die ze dood wilden hebben. Ik doodde drie mannen die bij zijn huis opdoken. Het maakte me bang.

Ik probeerde ontslag te nemen. Hij overtuigde me om te blijven totdat hij zijn operatie zou afsluiten, zijn eigen identiteit zou veranderen en zou verdwijnen.

Ik stop met typen. De rest van het verhaal is het niet waard om te vertellen.

Story glijdt met haar hand in de mijne. 'En hij sneed je tong eruit om je te bedanken.'

Ik wrijf over mijn pijnlijke hoofd en knik.

'Waar is je moeder?' vraagt Story.

Pijn schiet door mijn borst. Mijn lieve, eerlijke, hardwerkende moeder. *Ze verloor haar baan en haar zoon toen Skal'pel' vertrok,* typ ik.

'Weet ze dat je nog leeft?'

Ik wrijf weer over mijn hoofd.

'Oleg?' Story buigt haar hoofd voorover om naar mijn gezicht te kijken.

Ik schaamde me te veel om haar weer te zien. Ik ging recht-streeks van de gevangenis naar Chicago. Ik had een nieuwe start nodig.

Story legt haar hoofd op mijn schouder, haar lichaam tegen het mijne gevouwen, haar knieën over mijn dijen. 'Ik haat wat er met je is gebeurd.' Ze klinkt emotioneel.

Ik streel haar wang en strijk haar haar achter haar oor. Het oprakelen van mijn rottige verleden was klote, maar nu het eruit is - nu Story het weet en Ravil en Maxim een deel ervan weten - is er iets dat al die jaren geblokkeerd was, in beweging gekomen. Ik gebruikte mijn pijn als een muur om iedereen buiten te houden. Om mezelf buiten te houden. Ik was een halve man, die nauwelijks een half leven leidde.

Ik miste veel meer dan alleen mijn tong.

Maar nu is die muur neer. Het pad is niet duidelijk - verre van dat. Er ligt overal puin. Maar ik ben bereid om er door-heen te ploeteren.

'Je zou contact moeten opnemen met je moeder,' zegt Story, terwijl ze haar vingers door de mijne vlecht. 'Ik wed dat ze doodgaat van het niet weten hoe het met je gaat.'

Mijn borst trekt samen en ik vecht tegen een brok in mijn keel. Ik knik instemmend.

'Over moeders gesproken, ik moet de mijne bellen. Ze is een beetje een puinhoop.' Story glijdt van het bed en pakt haar retro klaptelefoon.

Ik typ op de iPad, *Wat is er gebeurd?* Het is vreemd om een echt gesprek met iemand te voeren, maar Story laat het mogelijk lijken.

Story komt terug naar het bed en gaat weer in kleermakerszit zitten. 'Mijn moeder lijdt aan depressie. Ze is geweldig, maar totaal onbetrouwbaar als ouder. Ik ben meer de ouder in de relatie. Ik bedoel, als het goed gaat, is ze er voor ons - voor mij en Flynn en Dahlia, onze kleine zus. Maar haar leven is een achtbaan van verliefd worden en dan instorten. En de laatste keer dat ik met haar sprak, leek het alsof het bergafwaarts ging met haar vriend, Sam. Ik ga gewoon even checken hoe het met haar is.' Story kiest een nummer op de telefoon terwijl ik op de iPad typ.

'Hé, mam. Even checken. Bel me terug als je dit hoort.' Story klapt de telefoon dicht. 'Voicemail.'

Het was moeilijk voor je. Ik geef de iPad aan Story. Ik ben het zat dat de Australische klootzak voor me spreekt. Ik heb liever dat ze het gewoon leest.

'Het was oké. Ik voelde me geliefd. Ik kon gewoon op niemand rekenen.'

Je kunt op mij rekenen, wil ik haar vertellen, maar ik houd me in. Ze is schichtig als het op toewijding aankomt, en ik ben niet in de positie om aan te dringen. Niet wanneer ik haar niet eens veilig kan houden.

'Mijn vaders leven was ook behoorlijk gek met seks, drugs en rock 'n roll. Nu ben ik bang dat Flynn dezelfde weg opgaat, snap je?' Haar ogen glinsteren vol tranen, die ze weg knippert. 'Maar muziek is echt het enige wat we hebben. Het is wat ons gezin bij elkaar houdt, ook al is het niet de meest stabiele bindende kracht. Ik kon niet naar de universiteit omdat de dingen gewoon te gek waren met mijn moeder die in en uit psychiatrische zorg ging. Ik moest thuisblijven en ervoor zorgen dat Flynn en Dahlia oké waren. Dus mijn broer en ik belandden in een band. Alleen Dahlia ging naar school.'

Wat zou je anders willen doen? typ ik. *Als je zou kunnen?*

Story gooit haar telefoon terug in haar tas. 'Ik weet het

niet. Ik heb er nooit over nagedacht. Misschien zou ik niets anders doen. Ik hou van de band. En ik vind het leuk om gitaarles te geven. Echt waar. Het werkt, weet je?'

Ik bestudeer haar, probeer te ontcijferen of er iets verborgen is om te decoderen, maar mijn vaardigheden in conversatie en met vrouwen zijn zo gebrekkig dat ik haar woorden alleen maar voor waar kan aannemen.

Ik probeer nogmaals. *Wat zou je hebben gestudeerd als je naar de universiteit was gegaan?*

'Waarschijnlijk iets compleet nutteloos zoals Franse literatuur. Of Kunstgeschiedenis.' Ze haalt haar schouders op en geeft me een ondeugende glimlach.

Ik ben verdomme verliefd op dit meisje.

Ze raakt de iPad aan. 'Ik vind het leuk om met je te praten.'

Je bent de komende vijf dagen van mij, schrijf ik. Ik suggereer niets permanents, ook al ben ik niet van plan haar op te geven. Nooit.

'Ik denk het wel. Je kunt maar beter beter worden, zodat we kunnen chillen. Ik bedoel, je zien slapen is leuk en zo, maar...'

Ze ontlokt me een glimlach. Die onbekende uitdrukking komt steeds vaker voor nu zij in de buurt is.

Ik ben al beter, vertel ik haar, hoewel het niet helemaal waar is. Mijn hoofd doet pijn, en ik zou waarschijnlijk in een oogwenk weer in slaap kunnen vallen. *Morgen zal ik je uitputten.*

Ze haalt scherp adem en werpt me een opgewonden blik toe. 'Zijn dat vieze praatjes?'

Ik knik, en haar glimlach wordt breder. 'O mijn God, ik kan niet wachten om alle vieze gedachten in dat grote hoofd van je te horen.'

Ik trek een wenkbrauw op. *Pas op wat je wenst.*

Story gaat op mijn schoot zitten en wrijft met haar

warme lichaam over mijn halfstijve pik, die verandert in een volwaardige stijve. 'Hoeveel beter voel je je?' spint ze.

Goed genoeg om je helemaal af te matten, shalun'ya, typ ik, waarbij ik de functie zonder vertaling gebruik voor haar andere koosnaampje, en gooi dan de iPad opzij en draai haar op haar rug.

'Ik hoop dat *shalun'ya* iets heel ondeugende betekent.' Ze trekt mijn shirt omhoog.

Ik grom en neem haar mond in bezit, en laat haar precies zien hoe ik mijn kleine ondeugend behandel als ze een stout meisje is.

HOOFDSTUK 11

Oleg

Ik word wakker en ontdek dat Story weg is.

Ik vlieg uit bed en storm de gang op in mijn boxershort en t-shirt. De woonkamer is helder verlicht door daglicht.

Verdomme. Ben ik weer de tijd kwijt? Hoeveel?

Vaag komt het terug dat ik de hele middag en avond heb geslapen. Story bleef bij me, speelde zachtjes op haar gitaar en bewoog door de kamer. Ik herinner me vaag dat Sasha haar uitnodigde om te eten - ik weet niet of het lunch of diner was. Misschien allebei.

Dat moet gisteren zijn geweest.

'Hé, grote jongen. Hoe voel je je?' vraagt Nikolai vanaf de bank. Hij eet donuts uit een doos op de salontafel.

Gefrustreerd gooi ik mijn armen in de lucht en eis ik te weten waar Story naartoe is gegaan.

'Ontspan je.' Maxim komt uit de keuken met een glas grapefruitsap. 'Story is met Sasha op het dak.'

Het dak. Ik schud mijn hoofd en reik al naar de deur.

'Ze zijn daar veilig - denk je dat ik het zou toestaan als dat niet zo was? Er is geen vrij schot op dat dak, vanuit welke richting dan ook. Dat beloof ik.'

Ik ontspan mijn grip op de deurklink enigszins en overweeg of ik een broek aan moet trekken voordat ik naar boven storm, aangezien het geen noodgeval is, wanneer ik geschreeuw hoor en het geluid van kogels die door metaal dringen vanaf het dak.

Iedereen in het penthouse komt in actie. Ik gooi de deur open en ren naar boven. De voetstappen van mijn broers dreunen achter me, Maxim vlak achter me. Pavel en Nikolai zijn verder achter, beiden met getrokken pistolen. Ik neem drie treden tegelijk en gooi de deur naar het dak met een klap open. Sasha en Story hurken samen in de jacuzzi en bedekken hun hoofden.

'Ze schieten op ons!' roept Sasha in het Russisch naar Maxim.

Maxim draait zich om, controleert de gebouwen om ons heen en stelt tegelijkertijd de vrouwen gerust. 'Het is in orde,' vertelt hij hen. 'Er is geen vrij schot mogelijk. Dat beloof ik je. De plekken waar dat wel zou kunnen, hebben we kogelvrij glas geplaatst.'

Ik wil Maxim vermoorden omdat hij Story uit het oog heeft verloren, maar ik moet mezelf dwingen zijn woorden tot me door te laten dringen. Ze zijn echt niet in gevaar.

Ravil en Dima komen ook op het dak aan, ook met pistolen in de hand. Er worden nog een paar schoten gelost, ik zie dat Maxim gelijk had. Ze raken de hoge airco-unit, ketsen af op de kogelvrije ramen beneden.

'Daar.' Ravil wijst naar het gebouw naast ons waar een van de ramen is verwijderd. 'Stuur nu een team dat gebouw in,' blaft hij.

Ik kan alleen maar denken aan hoe ik bij Story moet komen. Ik ren naar de jacuzzi en pak een van de handdoeken die over een stoel liggen om aan haar te geven. Ze draagt alleen haar slipje, en ik wil elk van mijn bratva-broers vermoorden omdat ze een glimp van haar borsten kunnen opvangen, niet dat ze kijken.

Ze klautert eruit en springt op me, slaat haar benen om mijn middel en haar armen om mijn nek, en maakt mijn kleren nat met het hete water. Ik wikkel de handdoek om haar rug en hou haar stevig vast.

Maxim trekt Sasha uit de jacuzzi en in zijn armen.

Ik haal nog steeds geen adem. Kan de terreur die door mijn aderen raast niet stoppen.

'Het is een boodschap,' zegt Ravil grimmig. 'Iemand probeert je bang te maken.'

Ik ga ze allemaal vermoorden. Elke laatste persoon die Story's leven heeft bedreigd. Ik draai me om en loop woedend van het dak, Story dragend alsof ze het enige is dat me in leven houdt.

'Het gaat goed met me,' mompelt ze in mijn oor, hoewel ze zich nog steeds net zo stevig aan me vastklemt als toen ze in mijn armen sprong. 'Het maakte ons alleen bang. We wisten niet dat we niet geraakt konden worden.'

Ik slik. Ik wil haar nooit meer neerzetten. Ik draag haar mijn slaapkamer in en loop met haar in een cirkel rond.

'Het gaat goed met me,' herhaalt ze. Ze leunt met haar wang tegen de mijne. 'Je koorts is gezakt. Voel je je beter?'

Ik loop nog een rondje.

'Zet me neer, grote jongen. Ik moet me aankleden. Maar ik heb natuurlijk geen kleren om aan te trekken.'

Ik zet haar voorzichtig op de ladekast en vis een t-shirt met lange mouwen voor haar tevoorschijn terwijl ze haar natte slipje uittrekt. Ze trekt het shirt over haar hoofd. De mouwen hangen over haar handen, waardoor ze op een lappenpop lijkt. Ze lacht en haalt haar armen uit de mouwen, duwt ze omhoog door de halsopening en trekt het shirt onder haar schouders. Vervolgens knoopt ze de lange mouwen onder haar borsten, waardoor het eruitziet als een strapless shirt-jurk. Het is bohemien en prachtig. Ik neem haar weer in mijn armen en kus haar voorhoofd.

'Het gaat goed met me,' zegt ze opnieuw. 'Kom op, laten we teruggaan om hierover te praten.'

Ik weet dat ze gelijk heeft, maar ik zou haar liever in mijn slaapkamer opgesloten houden.

Voor onbepaalde tijd.

Ik ben ook enorm afgeleid door het besef dat ze geen slipje draagt onder mijn t-shirt. Mijn hand bedekt haar billen terwijl we samen naar buiten lopen, mijn vingertoppen volgen de ronding van haar billen.

Ze kijkt naar me op en geeft me een geheimzinnige glimlach.

Iedereen is in de woonkamer als we binnenkomen. Sasha heeft ook haar kleren aangetrokken, en Lucy staat met baby Benjamin over haar schouder, ze geeft tikjes op zijn luier. Haar gezicht staat gespannen. Ik weet zeker dat de nerveuze advocate het niet fijn vindt dat bratva-geweld in de buurt van haar kind komt. Dat was de reden dat ze haar zwangerschap in eerste instantie voor Ravil probeerde te verbergen. Ravil won haar pas voor zich nadat hij haar had ontvoerd en haar als zijn gevangene had gehouden.

'We waren te laat. Het team vond het kantoorgebouw van waar ze schoten, maar de schutter was al ontsnapt,' rapporteert Maxim aan mij.

Verdomme.

Ik vang Sasha's blik en gebaar naar Story's geïmproviseerde jurk en wijs dan met een vragend gezicht naar haar.

'Story heeft wat kleren nodig!' raadt Sasha. Ze wenkt Story. 'Ik was van plan je wat te geven toen we eruit kwamen. Kom met me mee.' Ze verdwijnen samen in de slaapkamer, en als ze weer tevoorschijn komen, heeft Story een legging onder mijn shirt en een roze cropped hoodie om haar armen te bedekken. Ze ziet er helemaal uit als de rockster die ze is.

'Luister, ik moet wat spullen gaan halen als ik hier de hele week blijf,' zegt Story.

Over mijn lijk dat ze deze plek verlaat. Ik schud mijn hoofd.

Maxim en Ravil wisselen een blik. 'Het is geen slecht idee,' zegt Maxim, zich tot mij wendend. 'We versnellen gewoon het plan door naar haar appartement te gaan. Het zou makkelijker zijn om de zaken daar onder controle te houden dan in een nachtclub.'

Story kijkt naar me.

Ik schud mijn hoofd naar haar.

'Story hoeft niet per se mee. Jullie tweeën kunnen hier blijven, waar ze jullie niet kunnen raken. We sturen een team naar haar appartement om haar spullen te halen. Als we iemand zien, pakken we ze,' zegt Ravil.

Ik knik. Ik ga akkoord met elk plan waarbij Story niet betrokken is. Ik pak het papier en potlood die nog steeds op het aanrecht liggen van eerder en schrijf: *Het is moeilijk om te zien hoe dat zou werken zonder dat ik erbij ben.* Ik geef het aan Ravil.

Hij leest het hardop. 'Dat klopt. Dan ga jij. We laten Story hier. Jij bent het lokaas. Het is veel eenvoudiger. We moeten dit onmiddellijk oplossen.'

'Ik zou wel graag meegaan,' zegt Story. 'Je weet wel, om uit te zoeken wat ik nodig heb.'

Ik schud mijn hoofd.

'Oleg, je bent onre-'

Ik onderbreek Story's argument door met mijn vuist tegen de muur naast me te slaan. Ik bedoelde niet om mijn agressie te tonen, maar ze heeft een pistool tegen haar hoofd gehad en nu zijn er kogels op haar afgevuurd. Er is geen verdomde manier waarop ik haar weer in gevaar laat lopen als dat niet hoeft.

'*Hé*,' snauwt ze, haar ogen flitsend. Het is duidelijk dat ze niet bang voor me is, wat een opluchting is. In feite komt ze recht voor me staan - nou ja, zo dicht als ze bij mijn gezicht kan komen, gezien hoe veel korter ze is dan ik - en wijst met haar vinger. '*Doe* dat niet nog een keer.'

Ik knipper met mijn ogen naar haar. Ik weet dat ik mijn excuses moet aanbieden, maar ik kan ook niet beloven dat het niet nog eens zal gebeuren. Ik ben gewoon verdomd irrationeel als het om haar veiligheid gaat.

'Ze heeft meer lef dan ik,' mompelt Pavel.

'Toch?' antwoordt Dima.

'Alsof hij haar ooit pijn zou doen,' spot Sasha. 'Jullie twee? Dat is een ander verhaal.'

'Story blijft hier.' Ravil's autoriteit snijdt door alle verdere discussies heen. 'Oleg gaat mee. Maxim, regel back-up. We vertrekken over een uur.'

'Jij niet,' waarschuwt Lucy, met grote ogen vanuit de hoek.

Ravil aarzelt, zijn blik gaat naar zijn zoontje en zijn moeder.

'*Pakhan* blijft,' zegt Maxim, alsof hij de baas is, in plaats van Ravil. Hij weet dat Ravil er niet voor zou kiezen zichzelf te beschermen, en zijn huwelijk hangt af van het beschermen van hun gezin tegen bratva-geweld.

Ik haat mezelf omdat ik dit geweld over hen heb gebracht.

Als ik enig fatsoen had, zou ik weggaan. Alleen weglopen, mezelf aanbieden aan de schurken die mij willen en iedereen anders - vooral Story - bevrijden van het gevaar dat ik over hen uitstort.

Maar Story achterlaten voelt als een onmogelijkheid. Mijn leven begon de nacht dat ik haar mee naar huis nam. Ik werd wakker uit de dood. Wilde verbinden. Delen.

En zo zit ik nu gevangen tussen de behoefte om Story bij me te houden en de noodzaak om haar te beschermen.

～

Ik maak een lijst van dingen die ik uit mijn appartement wil hebben, en de jongens vertrekken.

Ik heb wat gekke shit gezien in mijn leven. Ik heb gezien hoe mijn ouders het soort ruzies hadden waarbij borden door de lucht vlogen en meubels kapot gingen. Ik heb mijn moeder in en uit psychiatrische ziekenhuizen moeten checken. Ik hield mijn broer vast tijdens een slechte drugs trip. Op de middelbare school sneed mijn beste vriendin in haar polsen, en ik zat naast haar in het ziekenhuis.

Ik beschouw mezelf als veerkrachtig. Daarom raakte ik niet compleet in paniek toen ik Oleg neergeschoten en bloedend in mijn busje vond. Of toen ik hem mijn drie aanvallers zag doden. Ik heb een hoge tolerantie voor trauma opgebouwd.

Maar nu ben ik zo gespannen dan dat ik ooit ben geweest. Mijn maag zit in mijn keel, en ik heb me nog nooit zo hulpeloos gevoeld. Het idee dat Oleg iets zou overkomen, maakt me doodsbang.

Ik loop langs de raampartij die uitkijkt over het meer in de woonkamer van het penthouse, te gespannen om zelfs mijn gedachten op een rijtje te krijgen.

Sasha kijkt me meelevend aan. 'Het komt wel goed met hem. Met hen allemaal.'

Ik kijk om te zien of ze zichzelf probeert te overtuigen. Haar vingers zijn stevig in elkaar gestrengeld en ze staat er ook doelloos bij.

Maar ze zegt: 'Deze jongens zijn bikkelhard.'

'Ja.' Ik herinner me hoe efficiënt en bekwaam Oleg leek te zijn bij Rue's. Hij weet wat hij doet, en hij is niet alleen.

'Speel je graag muziek als je probeert ergens niet aan te denken?'

'Ja.'

'Wil je je gitaar halen?'

'Vind je dat niet erg?'

'Grapje zeker? Ik heb ook afleiding nodig.'

'En de baby dan?' vraag ik.

Sasha wuift met haar hand. 'Oh, we hebben hem getraind om overal doorheen te slapen.'

Ik ga naar Olegs kamer en haal mijn gitaar. Als ik terugkom, stem ik hem en tokkel ik gedachteloos. 'Wat is jouw favoriet?' vraag ik aan Sasha.

'Oh, domme dingen. Top veertig. Speel jij maar wat je leuk vindt.'

Ik speel op de automatische piloot het hele album van Storyteller door, gewoon om erdoorheen te komen.

'Is dat allemaal originele muziek?' vraagt Sasha als ik klaar ben.

Ik knik, afwezig. Het lawaai in mijn hoofd is zo luid.

'Hebben jullie een manager?'

Ik lach. 'Ja, ik.'

'Nee, je hebt een echte manager nodig. Iemand die je hard zal pushen. Die je buiten Chicago boekt. Als je je bereik verbreedt, wed ik dat je een platencontract kunt krijgen. Serieus.'

Ik word gered van het afwenden van haar goedbedoelde advies doordat de deur opengaat. Oleg komt als eerste binnen, en ik val bijna flauw van opluchting.

Ik laat mijn gitaar vallen, stuif recht over de bank - één voet op het kussen, de volgende op de rugleuning - en duik op hem af, sla mijn benen om zijn middel.

Hij vangt me op, draait me rond en drukt me met mijn rug tegen een muur, kust mijn mond met een intensiteit die mijn tenen doet krullen. Als hij wegtrekt, laat ik hem niet gaan en jaag zijn lippen achterna voor meer. Ik gebruik mijn tong, in de hoop dat het hem niet zal storen dat hij de zijne niet kan gebruiken. Dat lijkt geen probleem te zijn. Hij pakt mijn billen en laat mijn heupen zakken, zodat hij de bobbel van zijn erectie tussen mijn benen kan wrijven.

'Ze waren er, maar ze zagen de rest van ons en reden weg,' hoor ik Maxim tegen Ravil zeggen. 'Pavel en ik achtervolgden hun auto, en we hebben een kentekennummer. Het zal een huurauto zijn, maar misschien kan Dima ze opsporen.'

'Ik ben er al mee bezig.' Dima is op de een of andere manier al naar zijn werkplek geteleporteerd waar zijn vingers over de toetsen vliegen.

Oleg zet me neer en brengt mijn spullen naar zijn kamer, dan keren we terug naar de woonkamer, waar ik me op Oleg's schoot krul op de grote rode bank. De televisie wordt aangezet op Netflix, en Nikolai kiest voor *Arrested Development*. De opluchting om iets normaals te doen, om Oleg terug te hebben, de manier waarop hij het lawaai voor me stilt, is zo groot dat ik bijna in slaap val.

'Ik heb wel iets gevonden. Er staat een beloning van drie miljoen dollar op het dark web in Rusland voor het levend inbrengen van Oleg,' zegt Dima. 'Het lijkt erop dat het van een andere bratva-cel komt.' Hij leest hardop: *Onderwerp: bratva-handlanger van Ravil Baranov's cel. Verblijfplaats: goed bewaakt bratva-bolwerk, waarschijnlijk onmogelijk binnen te dringen. Staat bekend om het regelmatig bezoek aan een bar genaamd Rue's Lounge, met een mogelijke liefdes interesse daar.* En er is een foto van Story aan Olegs tafel.'

Een spier trekt in Oleg's kaak.

Dima heft zijn hoofd. 'Ik zeg dat we hem inleveren en de beloning ophalen.'

Oleg verstijft, zijn hoofd schiet omhoog.

'Dat is een grap.' Dima wordt serieus. '*Gospodi*, Oleg, denk je echt dat we je zouden verraden?'

'Plaats een bericht,' zegt Ravil. 'Oleg hoort bij mij.

Iedereen die probeert hem aan te raken, sterft. Als iemand de informatie in zijn hoofd wil, is die te koop. Ze kunnen met mij praten.'

Oleg lijkt niet te ademen.

'Is dat oké?' fluister ik alleen voor zijn oren.

Hij slikt en knikt dan.

'Plaats een bericht,' mompelt Dima, maar zijn gezicht is op het scherm gericht, zijn vingers vliegen over de toetsen. 'Zo werkt het niet precies, maar ik begrijp het.'

Ravil kijkt naar Oleg. 'Ik had al een telefoontje van Kuznets in Moskou. Hij wil namen. Heb jij die?'

Oleg schudt zijn hoofd.

'Helemaal geen namen? Niet één?'

Hij schudt weer zijn hoofd.

'Alleen gezichten?'

Oleg knikt.

'En het is jaren geleden. Dat gaat voor niemand nuttig zijn. Kun je dat op het dark web zetten?' vraagt Ravil aan Dima.

Dima snuift maar blijft typen. 'Ik zal een bericht plaatsen,' zegt hij sarcastisch, maar hij knikt ook, alsof hij zal doen wat hij kan.

'Zal dat Oleg veilig houden?' vraag ik.

Ravil knikt. 'Ik zal ervoor zorgen. Niemand zal hem aanraken zonder mijn toestemming, wat betekent dat niemand hem zal aanraken.' Een rilling loopt over mijn rug omdat ik het gevaar bijna kan voelen dat Ravil uitstraalt. Gelukkig staat hij aan Olegs kant. Ik zou niet graag tegenover die vent staan.

HOOFDSTUK 12

Oleg

'Hé, bedankt, man,' zegt Flynn wanneer ik de zware versterker op het podium van een brouwerijcafé neerzet op vrijdagavond.

Ik loop bijna weg zonder zijn woorden te erkennen - zoals mijn oude ik zou doen - maar dan draai ik me om en knik. Story verandert me. Brengt me terug naar de levenden. Communicatie. Geven en ontvangen van de mensen om me heen. Het is zo simpel en toch zo diepgaand.

Ik word beloond met een grijns die op die van Story lijkt.

Ik heb Story meegenomen naar het optreden van de Storytellers, en mijn hele bende is meegekomen als back-up, maar Ravil gelooft dat Story en ik nu veilig zijn.

Volgens Dima is alle belangstelling voor mij van het dark web verdwenen. Er staan geen contracten meer uit om me in te rekenen. Ik heb verantwoording afgelegd aan zowel Kuznets, de nieuwe Moskouse *pakhan*, als aan een andere bratva-baas in Rusland. Ik heb ze beiden alles verteld wat ik weet. Ik herinnerde me veel mensen die waren veranderd. Ik ken alleen hun nieuwe identiteiten niet. Ik heb niet al die jaren een geheime USB-stick bij me gehouden met alle informatie erop. Na urenlange ondervragingen besloten beide bazen dat ik vrij nutteloos was.

Dit is onze test. We zijn in het openbaar, volledig blootgesteld. Ik ben gespannen als een veer, maar Story's duidelijke enthousiasme om te kunnen optreden zorgt ervoor dat ik het voor haar verberg.

Nadat ik alle zware apparatuur voor de band naar binnen heb gedragen, vind ik een tafel aan de zijkant van de zaal. Het is niet Rue's, dus er is geen plek dichter bij het podium die ik kan pakken, maar ik heb mijn rug tegen een muur en kan iedereen zien, dus dit werkt.

Sasha en Maxim laten zich in stoelen naast me zakken. Pavel en Adrian vinden hun eigen tafel, Dima en Nikolai nemen een tegenoverliggende muur. We dragen allemaal wapens, niet dat we ze hier binnen zouden gebruiken.

Sasha bestelt een Cosmo. Maxim krijgt een Stoli on the rocks. Ik trek mijn wenkbrauwen op en wijs ernaar als hij bestelt, om aan te geven dat ik hetzelfde wil. Ik heb de iPad bij me die Dima me heeft gegeven. Ik zou alles kunnen bestellen wat ik wil.

Er zit een lichtheid in die vrijheid. Ik denk niet dat ik me realiseerde hoe ik mezelf had geketend door het nooit te proberen. Het is niet alsof Dima me niet jaren geleden al een apparaat had kunnen geven. Die gast kan zo ongeveer alles. Ik probeerde het gewoon niet. Het kon me niet schelen dat ik niet kon communiceren.

Of ik dacht dat het me niet kon schelen.

Story heeft het nu belangrijk gemaakt.

Wanneer ik niet het publiek controleer op gevaar, volgen mijn ogen haar overal waar ze beweegt. Dat spreekt vanzelf. Als zij in een kamer is, zijn mijn ogen op haar gericht. Maar het voelt deze keer anders.

Nu is ze van mij.

Ik weet dat ze bang is voor een verbintenis. Haar gezins-situatie tijdens haar jeugd maakt het moeilijk voor haar om stabiliteit te accepteren. Vergankelijkheid is het spel dat ze al te lang speelt.

Maar ik weet dat ze om me geeft. Ik weet dat ze de manier waarop ik haar aanraak fijn vindt. Net zo opge-wonden is door mij als ik door haar. Ik ben van plan haar te bewijzen dat ik nergens heen ga. Ik zal zo solide als een rots voor haar zijn tot mijn laatste ademhaling.

Ze werpt me heimelijke blikken toe terwijl ze haar elek-trische gitaar stemt en de microfoon controleert. Vroeger herkende ze me wel, maar niet zoals dit. Nu zegt alles aan haar dat ze hier met mij is.

De band kwam vanmiddag naar het Kremlin om te oefe-nen. Ravil liet hen een kantoor gebruiken op een verdie-ping die momenteel grotendeels leeg staat. Ik zat en keek toe, niet bereid om Story ook maar een moment alleen te laten.

'Je vriend maakt me zenuwachtig,' klaagde Flynn op een gegeven moment, toen hij steeds zijn akkoorden verprutste. Hij stuurde me een scheve glimlach, vol zorgeloze charme.

De andere twee bandleden hadden nauwelijks een woord gezegd, en ik besefte dat ik ze waarschijnlijk allemaal nerveus maakte.

Ik stond op het punt de iPad te gebruiken om aan te bieden buiten te wachten, maar Story vertelde hen: 'Wen er maar aan. Oleg hangt nu met ons rond.'

En, ogenschijnlijk zo makkelijk als dat, werd ik geaccep-teerd in de kring van de band. Iets wat slechts enkele weken geleden niet meer dan een fantasie leek.

Nu zie ik mezelf als hun roadie, verantwoordelijk voor het dragen van de zware apparatuur en het opzetten ervan. De band beschermen. Ik vind het een leuk idee.

'We zouden een manager voor hen moeten inhuren,' zegt

Sasha, ook kijkend. 'Ze zijn zo goed. Ik kan niet geloven dat ze niet groter zijn geworden.'

Maxim knikt afwezig. Net als ik blijft hij de club scannen met een alerte blik.

'Ik bedoel, ik doe het wel totdat we iemand kunnen vinden,' biedt Sasha aan.

Ik staar naar haar. Zonder deze keer zelfs te aarzelen, maak ik mijn gezichtsuitdrukking levend en leesbaar. Ik trek mijn wenkbrauwen op en spreid mijn handen.

Sasha lijkt het te begrijpen. 'Ik zou dat absoluut voor hen doen. Ik zal er ook verdomd goed in zijn.' Ze blaast op haar nagels en doet alsof ze ze oppoetst op haar mouw.

'Zeker weten,' beaamt Maxim.

Ik knik.

Ik maak het gebaar voor 'dank je'. Story heeft me de afgelopen dagen YouTube-video's laten kijken om de basis te leren. Ik weet niet waarom ik er nooit eerder aan heb gedacht.

'Graag gedaan.' Sasha straalt. Ze heeft de meeste gebaren ook al geleerd.

De band pakt hun instrumenten op en Story neemt de microfoon. 'Hallo allemaal, ik ben Story Taylor, en wij zijn de Storytellers. Dank aan Windy City Brew dat ze ons vandaag hebben uitgenodigd.'

Ze wacht niet op een reactie, maar de band begint aan een van hun uptempo nummers. Mensen die niet opletten terwijl ze aan het praten was, bewegen nu hun hoofden mee op de muziek.

Een vreemd gevoel komt over me.

Tevredenheid.

Het is alsof al het plezier van elke keer dat ik Story heb zien optreden, zich verdicht in dit ene moment.

Want nu is ze van mij.

Dit supernova meisje hoort bij mij. Was gisteravond in

mijn bed. Liet me haar vastbinden en genoot ervan dat ik haar de hele nacht verwende.

Ik controleer het publiek opnieuw en kraak mijn knokkels. De gedachte dat iemand haar ooit nog pijn zou willen doen, maakt me dodelijk. Maar ik zie niets verdachts. Niemand die opvalt als niet passend.

Mijn broeders kijken ook mee. Zij zouden ook niet toelaten dat er iets met Story gebeurt. Ik had hen lang geleden al moeten vertrouwen met de details van mijn lelijke verleden.

Story glijdt door naar hun volgende nummer en dan nog een. Het café leeft nu, mensen zijn blij en praten, mensen luisteren. Nog niemand staat op om te dansen, maar dat gebeurt meestal pas later. De Storytellers hebben de kunst van het spelen van precies de juiste groove voor het moment geperfectioneerd, waarbij ze aan het einde de sfeer opzwepen, wanneer drankjes het publiek vrolijk en slordig hebben gemaakt. Klaar om te dansen.

Als de band pauze neemt, komt Story rechtstreeks naar mijn tafel en laat zich op mijn schoot vallen. Ik sla mijn arm om haar middel en voel me zo groot als een berg.

Je was geweldig, typ ik op de iPad.

Ze draait zich om om me te kussen. Een lange, aanhoudende kus die Maxim en Sasha waarschijnlijk ongemakkelijk maakt. 'Ik vind het heerlijk dat je bij mijn optredens bent.'

Verdomme, het spijt me dat ik de laatste heb gemist, typ ik. Ik weet dat ik haar teleurgesteld heb, en nu we de middelen hebben om te communiceren, moet ik mezelf uitleggen. *Ik had me verslapen door de hersenschudding. Ik beloof dat ik er nooit meer een zal missen.*

Ze kijkt me een lange tijd aan, dan neemt ze mijn gezicht in beide handen. 'Ik geloof je.' Er ligt een blik van verwondering op haar gezicht. 'Dat is zo eng voor me. Ik denk dat ik gewoon verwacht dat mensen me teleurstellen, en dan ben ik aangenaam verrast als ze dat niet doen. Maar bij jou... ik weet het niet. 'Ik zou op je...' - ze slikt - ' kunnen rekenen.'

Reken op me, schrijf ik.

Ze glimlacht.

Kom bij me wonen, typ ik.

Ze verstijft, haar ogen schieten van de woorden op de iPad naar mijn gezicht en terug.

'Blyad'. Ik heb te vroeg aangedrongen.

Ik wil je in mijn bed. Ik probeer het lichter te maken door het over seks te laten gaan. *Elke nacht.*

Het werkt. Ze glimlacht.

'Je zou al mijn gitaarleerlingen doodsbang maken.'

O fuck. Overweegt ze het echt?

We zullen dat lege kantoor voor jou en de band geluidsdicht maken, beloof ik. Natuurlijk zou ik dat met Ravil moeten overleggen, maar ik zou alles doen om het voor haar te laten gebeuren.

Ze trekt haar onderlip tussen haar tanden door. 'Oké.'

Ik was zo bezig met het voorbereiden van mijn volgende aanbod over hoe ik dit voor haar zou laten werken, dat ik nauwelijks verwerk wat ze zei.

Ik trek mijn wenkbrauwen op in ongeloof.

Ze lacht en knikt. 'Laten we het proberen.' Ze haalt haar schouders op. 'Ik zou graag met jou en de bende willen wonen.'

'Wat is dit?' onderbreekt Maxim. 'Hoorde ik dat je bij ons intrekt?'

Story haalt haar schouders op met een grote glimlach. 'Nou, jullie hebben wel een geweldig zwembad op het dak.'

Sasha gooit haar hoofd achterover en lacht. Ze wijst naar Story. 'Jij en ik gaan samen het dak eraf blazen in het Kremlin.'

Maxim kreunt, maar zijn uitdrukking is toegeeflijk. Hij is gek op zijn wilde, ontembare bruid.

Story heft haar glas water en brengt een toast uit op ons allemaal. 'Op het dak eraf blazen.'

Oleg duwt me tegen de zijkant van zijn Denali en drukt zijn enorme lichaam tegen het mijne. Zijn mond vindt mijn nek en hij bijt me, terwijl hij zijn dij tussen mijn benen schuift zodat ik er tegenaan kan wrijven.

'Ga je het me weer ruw geven?' vraag ik, buiten adem.

Zijn grote handen omvatten mijn billen en hij gromt in mijn oor.

Ik ben al opgewonden - optreden maakt me geil en dat deed ook het op zijn schoot zitten tussen de sets door. Ik hou van het gevoel dat ik door hem wordt opgeëist.

Hij tilt mijn heupen op en rijdt tegen me aan, de bobbel van zijn pik drukt precies tegen mijn gevoelige plekje.

'Beloofd?' vraag ik.

Hij lacht. Eerste lach die ik ooit van hem heb gehoord.

Dan zet hij me voorzichtig neer, opent mijn deur en tilt - niet helpt - letterlijk *tilt* me naar binnen en op de stoel.

Die vent houdt ervan me hardhandig aan te pakken.

En ik vind het fijn om hardhandig aangepakt te worden.

Hij zet de Denali in zijn versnelling en toetert naar Maxim en Sasha, die in een prachtige blauwe Lamborghini wachten om er zeker van te zijn dat we veilig wegkomen.

'Ze willen ons volgende maand terug,' vertel ik Oleg blij. 'Ik was daar onze betaling aan het ophalen en Sasha komt eraan en introduceert zichzelf als onze manager.'

Oleg werpt me een blik toe terwijl hij rijdt.

'Ze vroeg hem in feite of hij blij was met hoe we de plek hebben opgelicht en vroeg toen wanneer hij ons terug wilde hebben en of hij er een regelmatig iets van wilde maken. Hij stemde ermee in om ons maandelijks te laten komen, en toen vroeg ze of hij zou overwegen entree te heffen en die rechtstreeks aan de band te geven.'

Oleg kijkt naar mij voor meer.

'Dus hij vraagt hoeveel ze in gedachten heeft? Ze vertelt hem dat we zouden beginnen met een entreebedrag van vijf dollar, maar nadat we onze aanhang hebben opgebouwd, zou ze het verhogen naar tien.'

Oleg kantelt zijn hoofd naar de zijkant, wat ik interpreteer als zijn vraag wat ik ervan vind.

'Ik vind het briljant. Hij stemde ermee in omdat we op korte termijn de klap opvangen. Zoals we waarschijnlijk de eerste paar keer niet zoveel zullen verdienen, maar Sasha zei dat als we e-mails gaan verzamelen van Rue's en dan iedereen laten weten waar we zullen zijn, we de groupies overal mee naartoe kunnen krijgen.'

Oleg wijst naar zijn borst.

'Ben jij mijn groupie?' vraag ik.

Hij geeft me een schimmige glimlach die mijn tenen in mijn laarzen doet krullen en knikt.

'Nee, jij bent mijn baas. Big Daddy. De man die de leiding heeft - in bed, tenminste. Ik draai een roze haarlok om mijn vinger en glimlach naar hem. Mijn slipje was al doorweekt op de parkeerplaats toen hij me tegen het voertuig duwde. Ik kan niet wachten om te zien wat hij vanavond kiest.

Zijn glimlach verandert in een grijnslach, waardoor zijn gezicht van gevaarlijk in verwoestend knap verandert.

Hij parkeert bij het Kremlin - mijn nieuwe thuis, denk ik, als we hier echt mee doorzetten - en houdt mijn hand vast totdat we in de lift stappen.

Dan nagelt hij me tegen de liftwand, zoent me wild, terwijl hij me met zijn lichaam vastpint als zijn handen mijn rok omhoog trekken en mijn netkousen openscheuren. Ik kreun wanneer hij met een vinger over mijn spleetje wrijft en dan het topje in mijn opening laat glijden.

De lift pingt en hij tilt me op zodat ik zijn middel omstrengel, terwijl hij me naar zijn slaapkamer draagt.

Ik schop mijn legerkisten uit. 'Ik zou moeten douchen,' zeg ik hem, niet omdat ik het plezier wil uitstellen, maar ik stink waarschijnlijk na het optreden. Hij pakt me om mijn middel en geeft me een tik op mijn billen.

'Geen douches toegestaan?' lach ik.

Hij schudt zijn hoofd.

'Waarom niet?'

Hij geeft zijn gespannen pik een ruwe kneep door zijn spijkerbroek heen en wijst dan met een quasi-strenge wenk-brauwlift naar het bed.

'Heb je me nu in je bed nodig?'

Hij wacht niet om dit te bevestigen, tilt me gewoon op van mijn voeten en zwaait me rond naar het bed, waar hij me voorover buigt en mijn rok omhoog duwt.

'O mijn God,' kreun ik, al trillend van opwinding. Ik weet niet waarom ik het zo opwindend vind als hij op deze manier ruw wordt, maar het vereist geen analyse. Het is mijn ding.

Oleg is mijn ding.

Hij slaat op mijn billen. Zijn palm is groot en stevig, en het duwt me vooruit op mijn handen op het bed. Ik wacht, trillend op meer.

Oleg is een monster vanavond. Hij scheurt mijn netkousen open, en ze vallen in flarden rond mijn enkels. Ik heb geen slipje eronder aan, dus ik ben vanaf mijn middel naar beneden naakt voor hem. Hij begint me te spanken, snel en hard, zoals hij op mijn eerste dag hier in zijn appartement deed. Het doet pijn maar windt me ook op. De pijn filtert gewoon door naar plezier. Naar meer opwinding. De inten-siteit komt overeen met het niveau van Olegs passie.

Van de mijne.

Mijn billen branden en tintelen, maar hij gaat nog steeds door, terwijl hij tegelijkertijd naar voren reikt om over mijn clitoris te wrijven.

'Oleg, alsjeblieft,' smeek ik, meer nodig hebbend dan clitorale stimulatie. Ik wil hem diep in mij. En dat hij me zijn kracht en macht toont. Dat hij me klein en onder zijn genade laat voelen.

Verzorgd.

Beschermd.

Vraag me niet hoe spanken me beschermd laat voelen, maar het doet het wel. Mijn knieën zijn zwak van onderwerping. Ik gooi mijn witte vlag van overgave aan zijn voeten.

Neem me, Big Daddy.

Laat zien wat je voor me hebt.

Hij geeft nog een tik, dan hoor ik zijn rits en het geritsel van stof als hij uit zijn spijkerbroek stapt. Ik begin omhoog te kruipen op het bed, maar hij vangt mijn middel weer en trekt me terug, plaatst me in dezelfde positie, voorover gebogen over het bed, mijn benen gespreid, mijn blote billen naar hem opgeheven.

Hij slaat licht tussen mijn benen.

Ik kreun. Het deed geen pijn, maar het is gevoelig daar - uiteraard.

Hij tikt op mijn dijbeen aan de buitenkant, duwt dan mijn voeten wijder uit elkaar. Ik gehoorzaam en spreid mijn benen nog verder voor hem.

Hij spankt mijn kutje weer.

'Oleg,' jammer ik.

Hij strijkt met zijn eeltige palm over mijn dijbeen aan de buitenkant, streelt me. Laat me zien dat ik veilig ben - niet dat ik me zorgen maak.

Nog een snelle tik tussen mijn benen. Ik snak naar adem. Dan geeft hij een serie korte, snelle tikken die me bijna doen klaarkomen. Mijn kutje is nat en gezwollen onder zijn vingers, een nat, plakkerig geluid makend elke keer dat hij daar spankt.

Ik wiebel met mijn kont. 'Meer. Alsjeblieft, Oleg. Ik moet je in me voelen.'

Hij trekt aan mijn rok, met zijn elastische tailleband, over mijn hoofd, samen met mijn t-shirt. Mijn beha gaat als volgt uit. Ik ben nu volledig naakt voor hem. Hij positioneert me opnieuw en gromt dan terwijl hij de eikel van zijn pik door mijn sappen trekt. Ik rol mijn heupen omhoog en duw terug, wanhopig om gepenetreerd te worden.

Hij slaat op mijn billen en komt dan in me. Ik kreun van genot.

Hij bromt terug - mijn favoriete geluid.

Na een paar korte stoten trekt hij zich terug. Mijn heupen vastgrijpend, dan tilt hij me op mijn handen en knieën op het bed, kruipt achter me en dringt weer binnen.

'Ja, *alsjeblieft*.'

Hij bromt.

Eén hand stevig om mijn nek gewikkeld, stoot hij op een vaste en heerlijk respectloze manier in me. Net wanneer ik denk dat het niet beter kan voelen, drukt hij tussen mijn schouderbladen, waardoor mijn bovenlichaam naar het bed wordt gedwongen in een nog onderdaniger positie.

'Oleg,' jammer ik.

Hij stoot tegen me aan, laat me met elke krachtige stoot zien wie de baas is. Zijn duim vindt mijn anus, en ik gil verrast, vernauwend tegen de indringer.

Tot mijn teleurstelling trekt hij zich terug en geeft me een paar tikken. Ik hoor het geluid van de lade van het nacht-kastje die opengaat, en dan kruipt hij weer achter me en duwt mijn billen wijd uiteen.

Ik kreun, vermoedend wat er gaat gebeuren. Ik wil het en wil het tegelijkertijd niet.

Of misschien wil ik het wel, maar schaam ik me voor het idee.

Een beetje nerveus.

Het maakt niet uit, want ik weet dat Oleg voor me zal zorgen. Hij zal aandacht besteden aan mijn behoeften en luisteren.

Ik voel een klodder koude gel over mijn anus vallen, en ik krimp ineen en huiver. Oleg brengt zijn pik naar mijn achteringang.

Ik blijf stil, wachtend.

Oleg reikt naar voren, wrijft over mijn clitoris terwijl hij zachte druk uitoefent. Na een moment van weerstand ontspannen mijn kleine kringspieren en openen zich, en hij glijdt naar binnen.

'O,' kreun ik. Het is intens. Oleg spuit meer glijmiddel over mijn bilspleet en wrijft het rond. Wanneer hij weer duwt, wordt het nog intenser totdat hij de eikel erdoor krijgt, dan glijdt hij helemaal naar binnen.

Ik laat een lange klinker horen bij mijn uitademing.

Oleg gaat langzaam, neemt de tijd terwijl hij mijn kont vult met zijn enorme pik. De hele tijd wrijft hij over mijn clitoris of vingert me, hij geeft genoeg aandacht aan mijn vrouwelijke onderdelen om me in genot te houden.

Hij bromt weer.

Ik brom terug.

Oleg werkt zijn pik in en uit mijn kont. Mijn buik fladdert van de geiligheid ervan. Mijn kutje knijpt om zijn vingers elke keer dat ze in me komen.

Ik hoor Olegs adem ruwer worden. Zijn stoten krijgen iets meer kracht.

Ik schreeuw het uit van de pijn en het genot ervan.

Hij duwt me naar voren, volgend totdat ik plat op mijn buik lig, en hij bovenop me ligt, zijn vingers nog steeds onder mijn heupen aan het werk met hun magie. Hij neukt mijn kont in deze positie, wat veiliger voelt - misschien omdat mijn lichaam op deze manier niet zo strak is.

Ik geef me volledig over aan de sensaties. Het is een totaal genot. Er is genoeg glijmiddel, de positie is perfect, en de clitorale stimulatie heeft mijn raket klaar om elk moment te lanceren.

'Oleg, o mijn God,' kreun ik. 'Het is zo lekker. Zo intens. Zo lekker.' Ik brabbel nu. Het kan me niet schelen. Het kan me nooit iets schelen bij Oleg. Ik ben nooit zelfbewust. Nooit aan het zelf censureren. 'Alsjeblieft,' kreun ik. 'Alsjeblieflsjebliefalsjebliefalsjebliefalsjeblief.'

Olegs adem wordt onregelmatig. Zijn stoten worden harder. Hij dwingt drie vingers in mijn kutje en drukt zijn handpalm stevig over mijn clitoris. Ik knijp met mijn wanden om zijn vingers, wanhopig om klaar te komen.

Hij gromt en duwt diep naar binnen. Ik voel zijn dijen trillen tegen de mijne terwijl hij klaarkomt.

Ik schreeuw het uit. Mijn bekkenbodemspieren knijpen niet - misschien ben ik bang om mijn anus rond zijn pik samen te trekken. Misschien is hij gewoon te groot. Ik weet het niet. Het is een ander soort orgasme. Heel anders, maar oneindig veel intenser.

Ik schud en huiver onder hem, en het golft door mijn lichaam.

Hij slaat zijn armen om me heen en bromt zachtjes.

'Ik hou van je,' fluister ik. Ik heb het nog niet eerder gezegd, ook al was het vanaf het begin waar. Ik was te bang. Te zeker dat dingen zouden eindigen, en dat ik spijt zou krijgen dat ik het had gezegd.

Maar nu ga ik bij hem wonen. We gaan vooruit. Ik ben nog steeds doodsbang, maar ik probeer erop te vertrouwen dat Oleg er morgen nog steeds zal zijn.

Dat ik erop kan rekenen dat hij zo solide is als hij heeft laten zien.

Ik voel hem de woorden naar me terugsturen. Misschien is het geen telepathie. Misschien ben ik gewoon een empathisch persoon. Het maakt niet uit - het enige wat telt is de boodschap.

Hij houdt van me.

Oleg houdt van me, en hij is zo solide als een rots.

Ik kan hierop vertrouwen. Op hem.

Ik kan op ons vertrouwen.

OLEG

Ik glijd voorzichtig uit Story en help haar van het bed af en naar mijn badkamer voor een gezamenlijke douche. Story wassen is mijn favoriete tijdverdrijf geworden. Direct na haar neuken. Haar kussen. Haar in mijn bed hebben. Haar in mijn appartement hebben. Haar als mijn vriendin hebben.

Ik neem de tijd voor haar, laat mijn zeepige handen over haar gladde huid glijden, was haar haar.

Ze is moe en kan nauwelijks staan na het orgasme dat ik haar heb gegeven, dus hou ik haar overeind terwijl we doorgaan. Droog haar af met een handdoek als we klaar zijn. Ik stop haar in bed en ga naar de keuken om een paar glazen water te halen.

En dat is wanneer ik het zie.

Een fles Sovetskoye Shampanskoye op het aanrecht met een rood lint om de hals. Ik dwing mijn vingers op de een of andere manier om te bewegen, om het kleine kaartje dat eraan is bevestigd op te pakken. Mijn naam is gedrukt in het vetgedrukte gekrabbel dat ik overal zou herkennen.

Skal'pel's handschrift.

Skal'pel's cadeau.

Sovjet-champagne was een favoriet van mij toen ik voor hem werkte. Het was de eerste alcohol die ik als jongeling had gedronken, en ik kocht het vermoedelijk nog steeds uit bekendheid. Zeker niet vanwege de goede smaak. Ik haat het spul nu.

Mijn hart bonkt hard en pijnlijk in mijn borst. Mijn maag vult zich met zuur.

Skal'pel' is hier, in Chicago. Zoals ik al vreesde, toen het nieuws over mij naar buiten kwam, bereikte het ook hem. Ik ben het losse eindje dat hij niet goed genoeg heeft afgeknoopt toen hij de winkel sloot.

Met trillende vingers draai ik het kaartje om. Een kleine foto is op de achterkant van het kaartje geplakt. Het duurt even voordat ik het begrepen heb, maar als ik het doorheb, moet ik bijna overgeven.

De afbeelding is van Sasha en Story in de jacuzzi op het dak.

Skal'pel' was van de spelletjes. Hij zou testen voor mij opzetten om te voltooien. Mijn loyaliteit steeds weer testen.

Ik slaagde altijd.

Misschien is dat waarom hij me liet leven.

Vele, vele keren in de gevangenis wenste ik dat hij me gewoon had gedood.

Maar nu? Fuck-*nu*?

Story is in mijn bed. Het mooiste licht van mijn leven. Het enige waar ik voor leef.

Skal'pel' weet van Story. Hij schoot op haar vanaf het dak, of waarschijnlijker, liet een van zijn handlangers op haar schieten. Dat past. De schutter had moeten weten dat ze niemand konden raken. De kogels waren een waarschuwing. Een bedreiging. Zodat wanneer ik deze foto in mijn hand hield, ik echte angst zou voelen voor de veiligheid van mijn prachtige zwaluw.

Mijn ingewanden worden koud. Moerassig. Slijmerig. Skal'pel's volgende zet, als ik niet op dit bericht reageer, zal zijn om Story pijn te doen. En het zal niet op een typische manier zijn. Het zal iets ziek en verdraaid zijn. Iets wat mij nachtmerries zou bezorgen voor de rest van mijn leven. Niet dat ik zou leven om het haar te laten overkomen.

Nee.

Ik zal hem niet in haar buurt laten komen. Story Taylor moet boven alles beschermd worden. En dat betekent dat ik mezelf aan Skal'pel' moet aanbieden. Als hij me dood wil, kan hij me krijgen.

Hij weet al dat ik mezelf voor haar zal opofferen. Hij heeft geen behoefte aan donkere, openlijke bedreigingen. We weten allebei waartoe hij in staat is. En hij kent mij, van binnen en van buiten.

Hij weet dat ik voor een bus zou springen voor de mensen van wie ik hou.

Maar hij heeft geen idee van de diepten van wat ik voor Story zou doen.

Ik laat de fles onaangeroerd op het aanrecht staan. Ik loop stilletjes terug door de donkere gang naar mijn slaapkamer en open de la in mijn inloopkast waar ik al het geld bewaar dat Ravil me heeft betaald sinds ik voor hem ben gaan werken. Behalve het kopen van de Denali, geef ik het niet uit. De enige activiteiten die ik heb, is het kijken naar Story's optredens.

Ik pak een sporttas en gooi alle stapels contanten in de tas. Ik pak de iPad en open een venster met mijn Zwitserse bankrekening - degene die Skal'pel' me ergens naliet tussen het afsnijden van mijn tong en het fabriceren van drugs aanklachten. Ik maak Story de begunstigde, dan schrijf ik een bericht voor haar.

Het is nog maar een paar uur tot zonsopgang. Tijd genoeg om een laatste keer naast Story te liggen voordat ik ga...

HOOFDSTUK 13

Story

De enige reden waarom ik wakker word, is omdat ik Olegs stevige lichaam niet meer naast me voel. Ik nestel me in de zachte lakens, en geniet van zijn geur die nog steeds aanwezig is. Na een moment open ik mijn ogen en kijk naar de wekker naast het bed. Elf uur 's ochtends. Dat is vrij normaal voor mij, de ochtend na een optreden. Ik ga rechtop zitten, wrijf in mijn ogen en kijk om me heen.

Oleg lijkt niet in de kamer te zijn.

Misschien is hij weer bagels gaan halen.

Ik zwaai mijn benen uit bed en struikel bijna over een sporttas die ernaast staat. Boven op de marinekleurige canvas tas ligt Olegs iPad. Ik glimlach. Hij heeft me een berichtje achtergelaten.

Ik pak de iPad en zet hem aan.

Story,

Jij bent mijn reden om te leven, dus natuurlijk is het makkelijk om deze keuze te maken.

Een koude rilling gaat door mijn lichaam. Maakt me slap. Mijn vingers die de iPad vasthouden, trillen.

Mijn dood is de beste bescherming voor jou. Neem dit geld, zodat ik je vanuit het graf kan blijven beschermen.

Ik hou van je, mijn lastochka.

Nee!

Ik heb het misschien geschreeuwd. Misschien wel meerdere keren.

Het enige wat ik weet, is dat er op de deur van het penthouse wordt gebonsd.

Snikkend trek ik een van Olegs t-shirts aan. De deur gaat open en Olegs vrienden stormen binnen. Ik zie ze niet. Ik hoor ze nauwelijks boven het geschreeuw in mijn hoofd uit.

Dima pakt de iPad en leest de woorden hardop voor aan de anderen.

Iemand sluit me in zijn armen. Nikolai, misschien. Ik word doorgegeven aan Sasha, die me ook tegen haar borst drukt.

Ik kan niet ophouden met huilen. Ik hoor slechts flarden van hun gesprek: *...hij levert zichzelf uit aan Skal'pel'...de fles Sovjet Champagne die hier voor hem is afgeleverd... Ik kan hem niet traceren, hij heeft zijn telefoon hier achtergelaten...*

Eindelijk kan ik mezelf dwingen om te praten. 'H-houd hem tegen,' snik ik. 'Jullie moeten hem tegenhouden.'

'Dat zullen we,' antwoordt Ravil grimmig, hoewel ik aan zijn gezicht kan zien dat hij het zelf niet gelooft.

Hij bedoelt dat hij het zal proberen.

Maar we zijn misschien te laat.

O God, we zijn misschien te laat.

Hoe kon dit gebeuren? Hoe kon ik voor het eerst in mijn leven verliefd worden om hem binnen twee weken te verliezen?

Ik hyperventileer. Het is dat lelijke, ongecontroleerde snikken waarbij je niet kunt ademen. Niet kunt praten. De stortvloed aan emoties die in je lichaam gevangen zitten niet kunt loslaten.

'Waarom?' snik ik, ook al vertelde hij me waarom.

Hij deed het voor mij.

Hij offerde zijn leven op, zodat ik veilig zou blijven.

Ik haat mezelf nu omdat ik erop stond om optredens te doen. Waardoor hij zich zorgen moest maken om mijn veiligheid.

Verdomme, als ik had geweten dat het zou betekenen dat hij zich zou uitleveren om door een wrede dokter afgeslacht te worden, dan zou ik voor de rest van mijn leven met hem in dit penthouse zijn blijven zitten.

Het zout in mijn tranen brandt in mijn ogen.

Iemand geeft me een zakdoek. Dan nog een.

En dan de hele doos.

Ik kan de orkaan niet stoppen.

'Jullie moeten hem tegenhouden,' herhaal ik nog eens. 'Alsjeblieft.'

Sommige mannen hebben de kamer verlaten. Ik weet niet zeker wat er gebeurt.

'Gaan jullie hem zoeken?' vraag ik. Ik lijk wel een verloren kind op het vliegveld. Ik weet niet eens waar ik moet beginnen of tot wie ik me moet wenden.

Ravil komt naar me toe. 'We proberen hen op te sporen. Ik zal eerlijk zijn. Het kan moeilijk worden. Skal'pel' is een slimme man die elke identiteit kan gebruiken en elk gezicht kan dragen. Hij kan overal hebben gewoond. Maar Dima werkt elke mogelijke invalshoek uit die we kunnen bedenken.'

Ik schud mijn hoofd, weiger dat antwoord te accepteren. 'Nee. Jullie moeten hem vinden. Jullie moeten er zijn voordat er iets gebeurt. Hoe lang is hij al weg? Weet iemand dat?'

'Nog niet,' mompelt Ravil, terwijl hij zijn telefoon tevoorschijn haalt. 'Maar ik zal het navragen bij Maykl beneden bij de voordeur. We hebben bewakingsbeelden.'

Ik strompel door de kamer, met mijn maag opgekruld

onder mijn ribben. 'Dit is verkeerd,' mompel ik tussen hikkende snikken door. 'Het is helemaal verkeerd.'

'Story.' Ravil grijpt zachtjes mijn schouder. 'Ik wil graag dat je hier blijft terwijl we dit uitzoeken, oké? Je bent misschien nog steeds in gevaar, en ik moet je veilig houden.'

Ik knipper met mijn ogen naar hem en barst dan opnieuw in tranen uit, maar ik knik. 'Ja,' zeg ik. Ik wil bij hen zijn. Ik moet bij de mensen zijn die Oleg kennen en van hem houden.

Want ik heb hen nodig om hem terug te brengen.

OLEG

Ik knipper, probeer mijn ogen te openen, maar zelfs als ik dat doe, kan ik niets zien. Ik verschuif. Mijn polsen zijn vastgebonden. Er moet een zak over mijn hoofd zitten.

Ik ben nog in leven.

Dat verbaast me.

Bij dageraad liep ik naar buiten bij het Kremlin en ging voor het gebouw staan wachten.

Ik stond drie uur lang roerloos, en toen stopte er een zwarte limousine aan de overkant van de straat. Toen er niemand uitstapte, wachtte ik een paar minuten, stak toen de straat over en opende de deur naar de achterbank.

Die was leeg.

'Stap in,' zei de chauffeur, zonder naar me om te kijken. Hij was Amerikaans. Mogelijk een ingehuurde schurk. Hij reed naar een privé-vliegveld en parkeerde. Daar werden de achterdeuren tegelijkertijd geopend door nog twee schurken - ook Amerikanen - die me zeiden uit te stappen en in het vliegtuig te gaan - een kleine jet die op het platform geparkeerd stond. Ik liep de trap op. Zodra ik boven aankwam, stak iemand een naald in mijn nek. Ik verzette me niet tegen hen of tegen het verdovingsmiddel. Ik keek alleen rond naar Skal'pel' voordat ik in de wachtende armen van de twee schurken viel die me waren gevolgd.

Ik heb hem nooit gezien.

Misschien is hij nooit in Chicago geweest.

Dat past wel bij hem. Hij zou zijn eigen nek niet riskeren om mij te pakken.

Ik test mijn boeien. Mijn polsen zijn vooraan vastgebonden met wat voelt als tie-wraps. Ik zit rechtop in een comfortabele stoel - misschien de stoel van de jet?

'Je bent wakker.' De zachtaardige stem van mijn voormalige baas bereikt mijn oren. Hij spreekt Russisch.

De zak gaat eraf. We zijn in de jet - tenminste, ik denk dat het dezelfde jet is, maar het kan ook een andere zijn. Skal'pel' zit tegenover me in een duur maatpak. Ik herken zijn gezicht niet - hij heeft het veranderd. Maar ik zou die stem overal herkennen. En zijn lichaamsbouw is niet veranderd, op een paar extra kilo's na.

Ik beweeg niet. Ik heb geen vechtlust meer. Mijn enige plan was me over te geven aan deze man om Story te redden.

'Ik waardeer je manier van werken, Oleg.'

De routine is bekend. De liefdevolle manier waarop hij naar me kijkt. De lof. Dan zal hij me vertellen wat hij wil met de volledige verwachting dat ik zal leveren.

En dat deed ik altijd.

Hij leunt naar voren en trekt mijn onderste ooglid naar beneden, alsof hij mijn pupil inspecteert. 'Ben je er helemaal? Helemaal terug?'

Ik antwoord niet.

'Oleg?' Die stille, verwachtingsvolle toon ontlokt me een knikje voordat ik besef dat ik het geef.

Hij steekt een vinger op en een magere kerel met een snor verschijnt met een fles water, die hij opent en aan Skal'pel' overhandigt. Mijn voormalige werkgever leunt naar voren en brengt de fles naar mijn lippen.

Ik wil zijn hulp niet accepteren, maar op het moment dat het water in mijn mond komt, slik ik gulzig. Het verdovingsmiddel heeft mijn mond droog gemaakt en ik heb dorst.

'Je deed het juiste. Je kleine zangvogeltje zal veilig zijn. Geen kogels meer op het dak.'

Verdomme. Dat was hij. Ik wist diep van binnen dat hij het moest zijn.

Ik beweeg niet. Als dit een film was, zou ik tegen mijn boeien vechten. Naar voren springen alsof ik hem wilde doden omdat hij erover praat mijn meisje pijn te doen. Maar dit is geen film. Ik hang aan zijn lippen, en wil de rest van zijn woorden horen.

Ik heb twaalf jaar gewacht op een afsluiting. Om te weten waarom hij me heeft verlaten. Me oprolde als een gebruikte doek en me vervolgens in brand stak en liet verbranden.

'Ik wist nooit wat voor een vrouw jouw hoofd op hol zou brengen, maar ik wist dat ze ongewoon zou moeten zijn. Het gaat bij jou om persoonlijkheid, nietwaar? Niet dat je Story niet mooi is. Maar je keek nooit twee keer naar normale schoonheid. Je werd niet bewogen door perfecte borsten of een mooi paar lange benen. Het vergt een bijzondere vrouw om jou te betoveren.'

Ik frons.

'Het spijt me, Oleg.' Skal'pel' bekijkt me. 'Je bent nooit iets anders dan loyaal aan me geweest. Je deed altijd wat ik vroeg. Presteerde beter dan elke man die ik sindsdien heb ingehuurd. Maar door je grootte was je te moeilijk te verbergen.' Hij biedt me nog een slok aan, en ik neem die. 'Je gezicht veranderen zou niet hebben gewerkt. En je bij me houden zou een aanwijzing zijn geweest voor mijn oude identiteit. Ik moest je loslaten en ervoor zorgen dat niemand het op je zou gemunt hebben.'

God help me, het kost me alle moeite om het wantrouwen van mijn gezicht te houden.

'Ik liet je geld na. Genoeg om je een rijk man te maken als je vrijkwam.' Zijn uitdrukking verandert in teleurstelling, alsof ik degene ben die hem teleurstelde. 'Je hebt het nooit gebruikt. Slechts een paar duizend dollar om naar Amerika te gaan.'

Ik haal mijn schouders op.

'De rest ligt nog steeds op een bank op jouw naam. Onaangeraakt.'

Ik reageer niet.

Hij staat op en begint heen en weer te lopen, de handen op zijn rug.

Ik draai me om en bekijk wie er in het vliegtuig zit. Ik zie de twee mannen achterin die me in het vliegtuig hebben gezet. Een derde, magere, meer secretaresse achtige vent met een snor. Hij is degene die het water bracht.

De deur naar de cockpit is gesloten.

Skal'pel' gaat door met zijn monoloog. Dat ik nu stom ben maakt nauwelijks verschil. De man hoorde zichzelf altijd al graag praten. Niet zoals Ravil, die luistert.

Maar hij is net zo slim als Ravil. Hij is net zo goed in het bedenken van strategieën. Hij leest en begrijpt mensen zoals Ravil dat doet. Ik had in elk geval altijd het gevoel dat hij me beter kende dan ik mezelf kende. Dat maakt hem een mees-ter-manipulator.

'Je werd lid van de bratva. Een verrassende keuze, hoewel misschien niet, gezien de vrienden die je in de gevangenis had gemaakt.'

Het maakt me misselijk hoe nauwlettend hij mijn leven volgde nadat hij mijn lichaam had verminkt en mijn leven had geruïneerd. Ik weet niet wat ik had gedacht dat hij zou doen. Ik had niet aan hem willen denken. Wat er van hem geworden was. Waar hij was of wat hij deed.

Maar ik had me zeker nooit voorgesteld dat hij me volgde en in de gaten hield. Mijn leven.

Mijn maag draait om.

Of misschien zijn dat gewoon de nawerkingen van het verdovingsmiddel.

'Ik besefte dat mijn geschenk aan jou niet de troost was die ik had gehoopt. Je verlangde niet naar geld. Je verlangde naar een meester om te dienen. En je vond er een bij je nieuwe bratva-cel. Ravil Baranov, smokkelaar en self-made vastgoedmagnaat van downtown Chicago.'

Nu wil ik hem doden.

Het kost me alle moeite om mijn handen niet te spannen tegen de tie-wraps. Ik vind het niet leuk dat hij over Ravil praat. En ik vind zijn beoordeling van mij al helemaal niet leuk, hoe waar die ook mag zijn.

Ik zou zijn nek kunnen breken. Hier, nu meteen. Hij is binnen mijn bereik. Maar misschien word ik in het achterhoofd geschoten voordat ik de klus heb geklaard. Zou het de moeite waard zijn?

De wereld zou veilig zijn zonder deze maniak.

Story zou veilig zijn.

O verdomme, *Story*.

Alleen al aan haar denken brengt een golf van verdriet met zich mee die zo zwaar is dat het me bijna verdrinkt.

Ik heb haar verlaten. Mijn lieve *lastochka*.

En waarschijnlijk zal, net als Skal'pel's betaling aan mij, die zak met geld die ik aan haar heb nagelaten geen enkele troost bieden voor mijn dood. Ze lijkt toch al niet veel om geld te geven.

Ik heb dit niet goed doordacht. Ik volgde gewoon blindelings het pad dat Skal'pel' voor me had uitgestippeld, net zoals ik altijd heb gedaan. Ik dacht dat ik dit voor Story deed. Mezelf opofferen, zodat zij kon leven. De eervolle, betrouwbare man zijn die ik mezelf altijd heb geacht te zijn.

Maar dit is geen eer bewijzen aan Story. En het is al helemaal geen eer bewijzen aan mezelf. Dit is de eerste keer in mijn leven dat ik echt iets heb om voor te leven, en ik kies ervoor om er niet voor te vechten? Om niet eens te proberen een andere oplossing te vinden dan degene die Skal'pel' voor me heeft uitgekozen?

Ga ik hem echt het scenario van mijn leven laten blijven schrijven?

'Ik weet niet wie je connectie met mij heeft ontdekt, maar toen ik zag dat er een beloning was uitgeloofd voor jouw veilige gevangenneming, moest ik je komen halen.' Nu werpt hij me een toegeeflijke blik toe. Alsof ik het afgedwaald kind ben dat hij weer in zijn kudde opneemt, in plaats van de psychopaat die dacht dat het uitsnijden van mijn tong en me in de gevangenis stoppen de beste manier was om me te belonen voor mijn trouwe dienst.

'Ik kon hen je niet laten vangen, ook al bezit je waarschijnlijk weinig waardevolle kennis in dat glorieuze, grote hoofd van je.' Hij laat zich weer in zijn stoel vallen en slaat zijn ene enkel over zijn knie.

'Ik had gewoon een beul kunnen sturen.' Hij staat weer op om van me weg te lopen. 'Het zou veiliger zijn geweest voor mij. Veel gemakkelijker. Zeker eenvoudiger.' Hij draait zich om en kijkt naar me. 'Maar de waarheid is dat ik je diensten heb gemist, Oleg.' Hij werpt een snelle blik op de Amerikaanse schurken. 'Niemand handelt zaken af zoals jij dat vroeger deed. Zonder klagen of onderbrekingen. Je sprak nooit veel, zelfs niet toen je nog een tong had.'

Hij loopt terug. 'Dus ik kwam zelf voor je. En je gehoorzame reactie op mijn boodschap toonde me dat je nog steeds even betrouwbaar bent als altijd.' Hij loopt langs me heen en legt een hand op mijn schouder op de manier waarop hij vroeger zijn goedkeuring of genegenheid toonde. Hij knijpt erin.

Eén slag met beide vuisten zou hem bewusteloos slaan.

'Nogmaals, ik kon het niet over mijn hart verkrijgen om je te doden. Ik heb je liever weer aan mijn zijde, waar je hoort. Je oude meester dienen.' Hij staat nu achter me, waar ik hem niet kan zien.

Waar hij mijn gezicht niet kan zien.

Ik maak een paar microbewegingen om de situatie te verkennen. Mijn enkels zijn niet vastgebonden. Ik zit niet vast aan deze stoel. En op dat moment herinner ik me dat je geen vuurwapen kunt afvuren in een vliegtuig.

Die schurken zouden dat ook weten.

'Zou je me weer willen dienen, Oleg?'

Ik wacht tot hij voor me komt staan. Hij houdt een injectiespuit vast. Een dodelijke dosis gif als ik verkeerd antwoord? Het maakt niet uit. Mensen onderschatten altijd hoe snel ik kan bewegen voor iemand van mijn formaat. Ik spring uit mijn stoel en draai zijn hoofd om op zijn nek, waardoor die breekt. Ik neem de injectiespuit uit zijn hand terwijl hij valt.

Mijn bewegingen zijn langzamer dan ik zou willen - de nawerkingen van de drugs wegen nog steeds op me, maar ik heb veel te veel ervaring met het opruimen van een kamer om me te laten tegenhouden.

De schurken achterin komen op me af, met getrokken wapens. Ze zullen niet schieten, tenzij ze willen dat we allemaal sterven.

Ik steek de injectiespuit in de nek van de eerste kerel en ontwijk een klap van de tweede, waarbij ik hem met mijn elleboog in zijn buik ram. Ik sla hem nog een keer met een ongemakkelijke zijwaartse zwaai van beide armen, maar ik zet er genoeg kracht achter om hem van zijn voeten te tillen en hem de wind uit de zeilen te nemen.

Een klap in zijn gezicht en hij gaat neer. De man met de

snor pakt een pistool van een van de gevallen mannen en richt het op me, met trillende hand.

Ik schud mijn hoofd.

'Niet bewegen, of ik schiet.'

Ik waag het erop. Ik zet twee grote stappen om hem te bereiken, grijp het pistool uit zijn hand en sla hem ermee tegen zijn slaap. Hij gaat neer.

Ik doorzoek de zakken van de schurken en vind de tie-wraps, waarna ik ze om de polsen van de drie nog ademende mannen maak. Ze doden zou misschien netter zijn, maar die beslissing kan ik later nemen.

Nu moet ik dit vliegtuig laten omkeren.

HOOFDSTUK 14

Story

Ik weet niet hoeveel uren er voorbijgaan voordat Ravil een bericht krijgt van een onbekend nummer, maar het komt. Er ontstaat een wilde opschudding van activiteit.

Oleg leeft. Hij zit in een vliegtuig op weg terug naar Chicago.

Ik huil nog meer tranen - deze keer van opluchting. En dan is er weer wachten.

Terwijl ik wacht, verandert mijn verdriet in angst. Een knagende, jeukerige angst. Het soort dat me mijn hele leven heeft gekweld. Ik beschouw het als mijn intuïtie die me vertelt wanneer iets niet klopt.

Wanneer het tijd is om te vertrekken.

En hoe langer de minuten zich uitstrekken totdat Oleg terug is, hoe sterker het gevoel wordt.

Ik word achterin Olegs Denali gestopt met Nikolai en Dima voorin, en we vertrekken, samen met twee andere voertuigen, naar een privé-landingsbaan waarvan ik nog nooit heb gehoord.

Het sneeuwt. Dikke, natte vlokken die op de voorruit

vallen en smelten zodra ze de voorruit raken. Nikolai rijdt. Dima heeft een laptop meegenomen en zoekt dingen op terwijl we rijden, maakt korte opmerkingen tegen zijn broer in het Russisch, en pauzeert dan om een verontschuldigende glimlach over zijn schouder naar mij te werpen.

Het nerveuze gezoem wordt luider, zodat ik aan niets anders kan denken. Ik kan me niet herinneren of ik vandaag iets heb gegeten. Ik denk het niet. Mijn lippen zijn droog, mijn keel is uitgedroogd.

Vaag besef ik dat ik vanavond moet optreden bij Rue's. Het lijkt alsof het optreden van gisteravond een leven geleden was.

Als we er aankomen, draait Nikolai zich om en zegt: 'Ik wil dat je in de Denali blijft wachten, oké? Kom alstublieft niet naar buiten, anders word je medeplichtig aan alles wat je daar buiten ziet. Begrijpt je dat?'

Ik denk dat ik knik. Ik weet het niet zeker. Mijn hersenen functioneren nauwelijks.

En dan ben ik alleen in het voertuig. Ik zou opgewonden moeten zijn. Ik ga Oleg zien. Ik dacht dat hij dood was, maar hij komt terug bij me.

Behalve dat het glashelder is dat er geen weg 'terug' is.

Ik zal me nooit meer voelen zoals ik me gisteravond voelde.

Dat moment is voorbij, en we zijn bij een nieuw moment aangekomen. En in dit moment wil ik hier niet eens zijn.

Zittend in de verwarmde stoelen, kijkend naar de vallende ijzel, voel ik dat ik wacht tot er iets vreselijks gebeurt.

Maar wat?

Is het Oleg die terugkomt?

Nee.

Het is dat ik het ga uitmaken met hem.

Dat is de knagende angst. Ik weet dat dit niet goed is. Ik kan dit niet met hem doen.

~

OLEG

We landen op dezelfde landingsbaan van waar we zijn opgestegen. Ik was in staat mijn wensen duidelijk te maken aan de piloot, die denkt dat ik hem ga vermoorden.

Hij is een prater. Ik zit de hele reis in de stoel van de copiloot, en hij is één constante stroom van monoloog, nerveus zweet druppelt van zijn voorhoofd.

Ik heb de telefoon op de luidspreker gezet zodat Maxim alles kon horen, aangezien hij dit moet oplossen.

De piloot vertelde ons al dat hij Skal'pel' niet erg goed kende, maar hem uit Florida had gevlogen, en dat was waar hij opdracht had om terug naartoe te vliegen. Hij had genoeg brandstof om het vliegtuig om te keren en kreeg toestemming om terug te landen in Chicago.

Hij zegt dat hij niet wil weten wat er in de cabine van het vliegtuig is gebeurd, en wat hem betreft is het geen van zijn zaken. Daarna praatte hij veel over zijn vrouw en twee kleine kinderen. Hoe ze hem vanmiddag thuis verwachten, en hij hun enige inkomen is.

Nadat hij het vliegtuig heeft geland, laat Maxim hem gaan.

'Dit is wat er gaat gebeuren,' vertelt hij hem. 'Je blijft in die cockpit tot we hebben afgehandeld wat er in de cabine is gebeurd. Dan laat ik je weten dat het tijd is om naar buiten te komen, we betalen je voor je tijd, en je kunt naar huis gaan naar Sarah Jean en je lieve kinderen, Thomas en Flora op Andaluz Lane.'

De piloot haalt scherp adem als hij hoort dat Maxim de details van zijn familie al kent.

'Je vloog dit vliegtuig voor Dr. Armor - is dat wat je zei dat zijn naam was?'

'Ja, D-Dr. Armor,' stamelt de piloot.

'Dr. Armor veranderde van gedachten over teruggaan naar de Florida Keys en vroeg je om het vliegtuig om te draaien. Toen je hier aankwam, stapte hij uit en vertelde je dat hij een tijdje zou blijven en je diensten niet nodig had. Hij vroeg je om een commerciële vlucht terug naar huis te nemen. Dat was het laatste wat je van hem hoorde. Begrijp je?'

'Begrepen,' zegt de piloot snel. 'Absoluut.'

'Je hebt nooit iemand anders in het vliegtuig gezien.'

'Nooit.'

'Oké, blijf waar je bent. Als je je verplaatst voordat ik je kom halen, zal onze afspraak herzien moeten worden. Is dat duidelijk?'

'Kristalhelder.'

De piloot werpt me een snelle, bange blik toe.

'Oleg, we zijn buiten. Laat ons binnen.'

Ik ga naar de cabine om de deuren te openen, en mijn broers komen binnen. Maxim maakt een snelle inspectie van de plaats, beoordeelt de situatie, en geeft dan bevelen. Pavel en Adrian halen Skal'pel's lichaam eruit. Maxim en Ravil ondervragen de twee bewusteloze knokkers. Net als de piloot beweren ze weinig te weten over Dr. Armor of zijn zaken, behalve dat ze zijn persoonlijke lijfwachten zijn.

'Story wacht in je Denali,' zegt Nikolai, terwijl hij me de sleutels overhandigt.

'Ga maar,' zegt Ravil. 'Wij regelen dit wel.'

Ik ben geen expressief type. Ik probeer niet vaak te communiceren. Maar ik stop en pak de hand van elk van mijn broers vast en kijk hen in de ogen om te laten zien hoezeer het voor mij betekent dat ze achter me staan.

Zij zijn mijn familie. Ik hield mezelf de afgelopen twee

jaar op afstand vanwege de wonden die Skal'pel' heeft toege-
bracht. De emotionele, niet de fysieke. Maar daar ben ik nu
klaar mee. Ik zal mijn loyaliteit niet meer geven waar die niet
verdiend wordt. Mijn toekomst is bij Story, en mijn familie is
nu hier bij me.

'*Mudak*,' mompelt Dima als ik zijn hand vastpak. 'Story
was buiten zinnen van verdriet. Het kan jou misschien niets
schelen of je leeft, maar de rest van ons wel.'

Ik cirkel mijn vuist over mijn borst in het teken dat ik heb
geleerd voor *sorry*.

'Ja, je kunt dat beter aan je meisje gaan vertellen.' Hij
knikt met zijn hoofd in de richting van de landingsbaan.

Ik daal de trap af en ren naar het voertuig. Story ziet er
klein en verloren uit op de achterbank.

Eenzaam.

Ik gooi de deur open en pak haar op. Ze klampt zich als
een koala vast, slaat haar benen om mijn middel, haar armen
om mijn nek. Ze maakt een gebroken jammerende klank,
maar ze spreekt niet.

Story, mijn mooie lastochka.

Ze zegt nog steeds niets en wil haar greep op mijn nek
niet verslappen, zodat ik haar gezicht kan zien. Ik houd haar
gewoon vast, adem haar zoete geur in, kus haar nek. Nog
steeds zegt ze niets. We worden doorweekt in de ijzel, dus ik
loop eromheen om haar op de voorstoel te zetten, de passa-
gierskant waar ik haar gezicht kan zien.

Er is zoveel pijn in haar blik. Alsof het haar pijn doet om
naar me te kijken.

Het snijdt een wond dwars over mijn borst. Ik heb die
pijn daar veroorzaakt. Ik heb haar pijn gedaan - de enige
persoon die ik zo hard probeerde te beschermen.

Hoe kon ik dit hebben gedaan?

Ik gebaar *sorry*, maar ze kijkt weg, knipperend tegen de
tranen.

Ik neem haar gezicht in mijn handen en breng mijn voorhoofd naar het hare. Ze beweegt niet. Ik probeer het gebaar opnieuw.

Ze slikt. 'Ik ben blij dat je leeft.' Haar stem is verstikt.

Sorry, gebaar ik weer. Het is alles wat ik echt weet te zeggen. Ik zie dat Dima mijn iPad op de bestuurdersstoel heeft achtergelaten, maar ik pak hem niet op. Zelfs als ik kon spreken, zou ik de woorden niet hebben. Ik weet niet eens hoe ik moet communiceren wanneer Story zelf ook dichtgeklapt is.

Ik denk dat ik nu een koekje van eigen deeg krijg, en het is verdomde bitter.

Story trekt haar benen in het voertuig en duwt me weg. 'Je wordt nat,' zegt ze.

Fuck.

Ik sluit de deur, loop om naar de bestuurderszijde, en stap in, terwijl ik de iPad oppak om het tenminste te proberen. *Dima noemde me een klootzak voor wat ik deed. Het spijt me dat ik zoveel verdriet heb veroorzaakt.*

Story schudt haar hoofd. 'Je was geen klootzak.' Haar stem klinkt zo verdomde zwaar. Uitgeput. Ze reikt uit en knijpt in mijn onderarm. 'Je was gewoon jezelf. Probeerde me te beschermen en alles in je eentje te doen zonder hulp te vragen aan iemand anders.'

Haar woorden raken doel.

Ik knik. *Da.* Ze heeft gelijk. Ik had het zo anders kunnen spelen. Ik had naar Ravil kunnen gaan, en hij en Maxim zouden met een betere optie zijn gekomen. Maar in plaats daarvan speelde ik recht in Skal'pel's verdomde plan voor mij. Door Story en mijn broers op te geven in mijn poging hen te beschermen.

'Oleg... ben je naar hem toe gegaan om te sterven?'

Ik haal scherp adem en knik.

Ze zakt in elkaar en kijkt van me weg uit het raam.

Fuck, ik verlies haar. Wanhopig typ ik op de iPad. *Ik ging om te sterven, maar zodra ik aankwam, besefte ik dat ik de verkeerde keuze had gemaakt. Het was niet juist om mezelf op te offeren en me over te geven, het was tijd om te vechten.*

Voor jou.

Ze geeft me een onderzoekende blik en kijkt dan recht vooruit naar het vliegtuig op de landingsbaan. 'Ik moet vanavond spelen bij Rue's.'

Gospodi. Dat was ik vergeten. Het is zaterdagavond.

Ik start de Denali en zet hem in de versnelling, draai hem om. Ik weet verdomme niet waar we zijn, dus zet ik de navigatie op mijn telefoon aan om ons terug te krijgen, en check de klok. Genoeg tijd om thuis te komen en Story's gitaar uit het Kremlin te halen voordat we vertrekken.

Ik wijs naar Story en maak het gebaar voor *hongerig*, terwijl ik mijn wenkbrauwen ophef, zoals we hebben geleerd.

'Of ik honger heb? Ja, eigenlijk zou ik wel wat kunnen eten. Jij?'

Ik knik. We stoppen bij de eerste drive-thru die we zien - een Wendy's. Ik gebruik de iPad om te bestellen, wat Story aan het lachen maakt, wat de stemming een beetje verlicht.

We eten terwijl ik rijd, en dan laat ze de bom vallen.

'Oleg, ik kan niet bij je intrekken.'

Op de een of andere manier voorkom ik dat de Denali tegen de auto voor me crasht.

Ze gaat niet verder, wat het een miljoen keer erger maakt.

Ik maak het gebaar voor *waarom?* door mijn middelvinger bij mijn voorhoofd te pulseren, wenkbrauwen naar beneden.

'Ik dacht dat ik dit kon doen. Ik geef om je. Echt waar. Maar ik heb al zoveel drama in mijn leven. En jouw leven is echt intens. Ik bedoel, je zit in de Russische *mafiya*, en er wordt op je geschoten, en er wordt op mij geschoten, en toen dacht ik dat je zou sterven, en het is gewoon te veel.'

Ik wil met haar in discussie gaan. Ik reik naar de iPad, maar besef dat ik niet tegelijk kan typen en rijden.

Fuck.

Ik pak in plaats daarvan haar hand en schud mijn hoofd.

Ze trekt zich terug, wat me verscheurt. 'Ik *kan niet*. Ik heb nodig dat je dit accepteert. Maak het alsjeblieft niet moeilijker dan het al is.'

'*Blyad*'. Ik grijp het stuur vast. Een deel van me weigert het te geloven. Ik wil voor haar vechten. Maar ze vroeg me net om dat niet te doen, en ik ben ook niet de man die niet begrijpt dat *nee* nee betekent.

Story wil me uit haar leven.

De ironie is te zwaar om te slikken. Ik koos ervoor om te leven en te vechten vanwege haar, en ik verloor haar alsnog.

Ik zou bijna liever dood zijn.

HOOFDSTUK 15

Story

Ik vroeg Oleg om me bij Rue's af te zetten. Ik zei hem dat hij niet mee naar binnen moest komen.

Hij respecteerde mijn verzoek.

Ik was half bang dat hij dat niet zou doen. Ik bedoel, ik weet dat die man koppig is. Vastberaden in zijn toewijding aan mij.

Op de een of andere manier kwam ik de nacht door. Ik denk dat niemand zelfs maar iets vreemds aan me merkte, wat het allemaal nog erger maakte.

Want die angst die aan het broeien was, het gevoel dat alles verkeerd was - het verdween niet toen ik het uitmaakte met Oleg.

Het werd zelfs erger.

Nu, terwijl ik buiten bij Rue's sta om een Uber naar huis te nemen, wil ik bijna uit mijn eigen huid kruipen. Het gezoem in mijn oren komt niet alleen van de versterkers. Het is ruis. Ruis die het onmogelijk maakt om zelfs maar het kleinste probleem op te lossen, zoals hoe ik de app moet openen om mijn rit te checken.

Een bekende witte Denali stopt voor me.

Oleg.

Meteen schieten er tranen in mijn ogen. Natuurlijk is hij er nog steeds. Hij heeft waarschijnlijk tijdens de hele show op de parkeerplaats gezeten, wachtend om ervoor te zorgen dat ik veilig thuis kom.

Ik trek de deur open. 'Je kunt hier niet zijn!' Tranen verstikken mijn keel.

'Laat me je naar huis brengen,' zegt de Australisch-geaccenteerde stem van de iPad.

Mijn schoulders zakken. 'Ik heb een Uber gebeld.' Ik weet nu al dat ik in de Denali ga stappen.

Oleg is mijn vervoer, ook al wil ik dat niet.

Hij wrijft met een open hand over zijn hoofd. *Alsjeblieft.*

Ik knipper m'n tranen weg. 'Goed dan.' Ik stap in. 'Maar dit is het. Dit is ons afscheid. Kom hier alsjeblieft niet meer terug.'

Hij knikt instemmend.

Maar wanneer we bij mijn huis aankomen, parkeert hij en opent hij zijn deur.

Ik wil protesteren, maar doe dat niet. Misschien wil een deel van mij ons afscheid ook rekken. Hij draagt mijn gitaar en loopt met me mee naar de deur, neemt mijn sleutels van me over om de voordeur te openen en volgt me dan de trap op.

Hij ontgrendelt de deur van mijn appartement en duwt die open.

En dan staat hij bij me. Zijn armen slaat hij om mijn rug, zijn lippen dalen op de mijne met een krachtige intensiteit.

Ik geef me over. Volledig.

Ik ben het meisje dat in het moment leeft, en dit is ons moment.

Ik geef hem mijn tong, sla mijn armen achter zijn nek, sta op mijn tenen om hem te bereiken. Hij grijpt mijn billen, trekt mijn lichaam tegen het zijne terwijl hij mijn mond opeist.

Hij duwt me tegen de armleuning van de bank en tilt mijn been op bij de knie om me voor hem open te spreiden.

'Oleg.'

Hij omvat mijn schaamheuvel stevig, de warmte van zijn vingers brandt door mijn slipje heen. Hij glijdt met zijn vingers onder de stof, wrijft over mijn opening terwijl onze lippen verstrengeld raken. Hij zuigt op mijn onderlip en duwt een vinger in me.

Ik reik naar zijn spijkerbroek, maak die open, wanhopig om hem in me te voelen. Hij streelt zijn mond langs mijn nek en bijt me zachtjes terwijl ik zijn pik tevoorschijn haal en positioneer bij mijn opening.

Ik wankel achterover, mijn heupen balanceren op de opgevulde armleuning van de bank, maar hij slaat een sterke arm achter mijn rug om me op mijn plek te houden, terwijl hij tegelijkertijd mijn heupen naar de zijne trekt.

Hij duwt het kruis van mijn slipje opzij, dringt bij me binnen, en we bewegen samen vanaf het eerste moment dat hij in me is.

We neuken alsof ons leven ervan afhangt.

We zijn de laatste mensen op aarde. Het is de laatste kans die we ooit zullen hebben voor seks. We moeten het laten tellen voor de hele mensheid.

Hij neukt me hard, stoot diep en omhoog. Elke beweging voelt noodzakelijk. Bevredigend. Levensbevestigend.

Ik klamp me aan hem vast, één hand om zijn nek om me op te houden, mijn knieën wijd gespreid voor zijn verovering. Ik hou van zijn wilde passie. De manier waarop hij, zodra hij begint, het lijkt alsof hij zich bij mij niet kan inhouden. Alsof mij laten klaarkomen zijn enige levensdoel is.

De tijd staat stil. Genot schittert om ons heen, opbouwend, verlangend. Stijgend.

Ik realiseer me niet eens dat er tranen uit mijn ogen lopen. Ik ben niet verdrietig. Het is gewoon noodzakelijk. De intensiteit ontmoet de brandende vlam in mijn ziel. Mijn reden om te leven.

Ik ben ongewoon stil. Afgezien van die ene keer dat ik zijn naam noemde toen we begonnen, ik smeek niet, ik kreun niet, ik schreeuw niet. Het is alsof dit een te serieuze gelegenheid is voor het gebruikelijke passie gepraat. Te belangrijk. Het zware hijgen van onze ademhaling is de enige muziek waarop we dansen.

Er is geen twijfel mogelijk dat we als één zullen climaxen. Ik voel de opwelling van zijn orgasme, en de mijne stijgt om die te ontmoeten. Hij is de eerste die een geluid maakt. Een dringende vocalisatie. Ik beantwoord de roep.

En dan komen we allebei klaar. Hij dringt diep naar binnen en blijft daar, zijn pik spuit zaad. Ik zuig aan zijn nek, mijn interne spieren trekken samen rond zijn pik, persen hem voor meer. Het gaat maar door en door. Een voltooiing, niet alleen van seks, maar van ons. Van onze relatie.

Een laatste gedenkwaardige keer samen om elkaar bij te herinneren.

Oleg glijdt uit me en helpt me weer op mijn voeten. Donkere bezorgdheid wervelt in zijn bruine ogen.

Ik leg mijn hand op zijn gezicht, memoriseer zijn geliefde trekken. 'Ik hou van je.' Het is de moeite waard om het te zeggen, zelfs als we uit elkaar gaan. En ik zeg het als een afsluiting. Een *Amen* voor de heilige ruimte die we elkaar gaven.

En Oleg lijkt wel te begrijpen dat we nog steeds uit elkaar gaan, want de woorden doen zijn voorhoofd fronsen alsof hij pijn heeft.

Mijn angst komt weer op, begint weer aan de endorfines te knagen die vrijkwamen door de ongelooflijke seks.

Ik moet hieraan een einde maken. Misschien is dat

waarom ik nog steeds angstig ben. Omdat hij er nog steeds is. Het gaat nog steeds door.

'Vaarwel, Oleg,' zeg ik vastberaden.

Hij krimpt ineen, zichtbaar vernietigd door mijn woorden.

Ik voel me ook vernietigd. Ik begrijp niet waarom de angst niet beter wordt.

Hij legt zijn hand achter mijn hoofd en drukt zijn lippen op de mijne. Deze keer is de kus niet bruusk, maar zacht en zoet.

En dan draait hij zich om en vertrekt zonder me nog eens aan te kijken.

Ik dacht dat ik al mijn tranen al had gehuild toen ik dacht dat Oleg dood was, maar blijkbaar heb ik nog een oceaan aan tranen over. Ik was van plan naar de douche te lopen en mezelf in bed te leggen, maar in plaats daarvan zak ik op mijn knieën, verscheurd door snikken.

Oleg

Ik kom de volgende dag mijn bed niet uit, behalve om wat te eten. Of de dag erna.

Zelfs niet op de derde dag.

Ik kan niet onder ogen zien wat ik ben kwijtgeraakt. Ik had Story. Ze was twee korte weken van mij. Ze liet me haar vasthouden. Liefde met haar bedrijven. Haar thuis brengen.

Ze zou bij me komen wonen. Voor het eerst in jaren had ik een reden om op te staan. Dingen leken weer mogelijk. Ik was bereid mezelf te verbeteren. Te beginnen met interactie met mijn omgeving. Me bij de levenden te voegen.

Er was zo'n lichtheid om me heen. Ik haatte mijn lichaam niet meer omdat het me had verraden. Ik vond nieuwe manieren om te communiceren. Maar het belangrijkste was dat ik bij Story kon zijn. Mijn obsessie. Ik had haar voor mezelf - al haar minuten. Al haar uren. Ze zong en speelde gitaar in mijn bed. Stond onder mijn douche. Liet me van haar houden.

Ze hield ook van mij.

Dat zei ze.

Maar ze koos niet voor ons. Ze koos niet voor mij. Ik veroorzaakte te veel stress bij haar, en ze koos ervoor om te vertrekken. Ik kan haar niet de schuld geven. Geen seconde. Ik wil mezelf in mijn eigen gezicht slaan omdat ik haar pijn heb gedaan. Omdat ik haar heb laten huilen. Omdat ik haar meer trauma's heb bezorgd.

Woensdagochtend komen Nikolai en Dima mijn kamer binnen zonder te kloppen. Ik lig op mijn rug in het midden van het bed. 'Wat is er in godsnaam gebeurd?' eist Nikolai.

Ik negeer hem, starend naar het plafond.

'Het stinkt hier. Je moet opstaan en douchen, *mudak*. En naar buiten komen en wat eten.'

Ik blijf hem negeren.

'Ik gok dat Story het heeft uitgemaakt?'

Ik ga rechtop zitten, mijn handen ballen zich tot vuisten. Ik ben plotseling overweldigd door de drang om mijn broers te slaan - iets wat ik nog nooit heb gedaan.

Nikolai en Dima lijken dit te beseffen omdat ze tegelijkertijd een stap achteruit zetten. 'Het spijt me.' Nikolai houdt zijn handen omhoog. Ze weten allebei dat mijn vuisten net zo dodelijk zijn als een geweer.

'Ik wil geen ruzie met je, Oleg,' zegt Nikolai. 'We willen het gewoon misschien doorpraten. Kijken of we kunnen helpen.'

Ik schud mijn hoofd. Er is geen hulp. Niet voor mij en Story.

Ondanks mijn weigering van hun aanbod om te helpen, gaan ze beiden aan het voeteneinde van het bed zitten.

Nu wil ik ze echt vermoorden.

'Wat maakte haar bang?' vraagt Dima. 'Het gevaar?'

Ik kijk hem woedend aan. Hij gooit de iPad naar me toe.

Ik grom, maar plotseling wordt de behoefte om over Story te praten een nieuwe verslaving. Alsof praten over haar haar terug zal brengen.

Het drama, typ ik.

Nikolai kantelt zijn hoofd. 'Hmm.' Hij klinkt twijfelachtig, alsof hij mijn antwoord in twijfel trekt.

'Natuurlijk ken jij haar veel beter dan ik, maar ik ben niet zeker of dat klopt. Ik bedoel, als ze het drama niet aankon, zou ze meteen de politie hebben gebeld toen ze je neergeschoten vond in de achterkant van haar busje, toch?'

'*Da.* Voor mij lijkt het bijna het tegenovergestelde,' stemt Dima in. 'Wat vertelde ze aan Sasha? Ze heeft een hoge tolerantie voor chaos. Ze raakte niet eens in paniek toen er op haar geschoten werd op het dak. Ik bedoel, dat meisje kan echt met dingen *omgaan*.' Hij zegt het met waardering, en ik ben deels tevreden en deels woedend over zijn bewondering.

Paniek begint diep in de put van mijn maag te trillen. Begrijp ik niet eens waarom ze me verliet? Was het echt *ik* die ze niet aankon?

Nikolai lijkt mijn angst te raden want hij zegt: 'Er is geen twijfel dat ze van je houdt. Ik heb niemand zo kapot gezien als toen ze dacht dat je de dood tegemoet was gegaan.'

'Misschien Maxim toen hij dacht dat Sasha dood was,' brengt Dima er tegenin, 'Maar ja. Ze was een puinhoop.'

Een enorme puinhoop.

'Voor mij lijkt het dus meer alsof het ging om jouw vertrek. Ze absorbeerde al het andere gekke gedoe dat gebeurde zonder veel te klagen,' zegt Nikolai.

Mijn vertrek. Dat raakte een gevoelige snaar.

Story had me verteld dat ze niet kon vertrouwen op de

mensen in haar leven. Dat ze veel liefde had gekregen van haar familie maar geen stabiliteit.

Dat moet de reden zijn waarom ze zei dat ze altijd relaties verbrak. Misschien is ze het type dat vertrekt voordat ze te close wordt. Voordat ze weer in de steek gelaten of teleurgesteld kan worden.

Ze vond het fijn dat ik stabiel was. Ik kwam week na week opdagen. Ze kon op me rekenen.

En dus door te vertrekken, deed ik het enige waar ze bang voor was. Ik bewees dat ik onbetrouwbaar was. Net zo goed in staat haar te kwetsen als de andere mensen die haar het meest nabij waren.

Ik heb Story verraden. Haar in de steek gelaten.

Fuck.

Ik heb niet alleen in haar wond geprikt, ik heb in haar wond gestoken. Nadat ze me had verteld hoe eng het was om op iemand te vertrouwen.

Gospodi.

Ik dacht dat ik mezelf in Skal'pel' had veranderd voor haar en haar geld had nagelaten voor een nieuwe start, maar was het geschenk de moeite waard om te ontvangen? Een tas met geld en weer een verlating?

Het was helemaal geen cadeau. Story is het type dat liever haar eigen leven riskeert en aan mijn zijde blijft. Ze had me dat al bewezen. En ik maakte haar offer betekenisloos.

'Wat?' vraagt Nikolai.

Ik typ, *Ik liet haar in de steek toen ze me nodig had dat ik haar rots was.*

'Fuuuuuuck,' zegt Dima nadat hij het gelezen heeft.

'Dus je moet haar laten zien dat je nog steeds haar rots bent,' adviseert Nikolai.

Ik houd mijn handen op om te vragen *hoe?*

'Vertel het haar. Blijf naar haar show gaan. Ik zou niet te veel in haar aura komen - je wilt haar wensen niet disrespecteren - maar bewijs dat je nergens heen gaat. Nooit meer. En communiceer. Ik voel me serieus klote dat we je pas leren kennen als Story bij je intrekt. Ik weet niet waarom we niet harder hebben geprobeerd om je uit je schulp te halen. Ik bedoel, fuck. We hadden al lang geleden gebarentaal kunnen leren.'

'Zeker weten,' beaamt Dima. 'Verdorie, misschien kunnen we zelfs een spraaktherapeut voor je regelen. Ik heb wat onderzoek gedaan en het klinkt alsof ze je nieuwe manieren kunnen leren om te praten.'

Ik wil huilen van dankbaarheid voor het sprankje hoop dat de tweeling heeft ontstoken - niet over praten, maar over het terugwinnen van Story. Ik sta op, en wanneer de tweeling ook opstaat, trek ik ze naar me toe voor een handdruk en een mannelijke omhelzing, waarbij ik ze allebei op de rug klop.

'Oh. Oké. Wow. Je moet je beter voelen,' zegt Dima lachend. 'Hoe kan ik helpen?'

Ik schud mijn hoofd. Ik weet al wat ik ga doen. En het gaat werken. Het kan een lang spel zijn, maar ik ben bereid het te spelen.

Ik zal het spelen tot de dag dat ik sterf, als het moet.

Ik ben Story's rots, en ze zal het weten en geloven en voelen tot diep in haar botten.

Ik hou van haar, en ik zal haar nooit meer in de steek laten.

HOOFDSTUK 16

Story

'Story? Hé, het is mam.'

Alle alarmbellen gaan tegelijkertijd af bij het horen van mijn moeders stem. Het straalt de zwaarte van depressie uit.

'Mam, gaat het wel?'

'Eh... ik heb betere dagen gehad. Sam en ik zijn uit elkaar.'

Tranen prikken in mijn ogen, niet voor mijn moeder, maar omdat mijn eigen zelfmedelijden op gang komt. Serieus? Moet ik nu omgaan met de relatiebreuk van mijn moeder terwijl ik zelf mijn eigen breuk nog niet eens heb verwerkt?

'Kun je langskomen? Ik wil niet alleen zijn.'

Ik knipper m'n tranen weg, duw mijn voeten in mijn laarzen en pak mijn sleutels. 'Oké, mam. Ik kom nu meteen. Ben je thuis?'

'Uhm... ja. Ik ben thuis.' Ze klinkt verdwaald.

Ik moet rustig ademhalen door de vlaag van angst die gepaard gaat met alle episodes van mijn moeder. Het feit dat ze contact heeft gezocht is goed. Haar vroegtijdig helpen voorkomt de echt schadelijke dieptepunten. 'Ik kom nu naar je toe.'

'Bedankt, lieverd,' zegt mijn moeder, alsof ze verdwaald is in een droom. Ik ken dat gevoel.

Ik stap in mijn auto en rijd naar haar huis, terwijl gevoelloosheid de overhand krijgt op de angst.

Ik ben angstig geweest sinds Oleg zaterdagavond bij mij vertrok. Sterker nog, met elke dag die voorbij ging, werd het sterker en sterker.

Het slaat nergens op. Normaal gesproken, als ik dat angstige gevoel krijg, verbreek ik de banden met degene met wie ik te close wordt, en het verdwijnt onmiddellijk. Ik beschouw het als mijn intuïtie die aangeeft wanneer het tijd is om verder te gaan. Mijn relatie kompas.

En ik had het met Oleg. Ik had het zo sterk op zaterdag.

En toch heeft het uitmaken het gevoel van onheil in mijn maag niet verlicht.

En nu heb ik deze shit met mijn moeder. Alsof het Universum besloot dat ik niet genoeg drama in mijn leven had met de hele situatie van Oleg die zichzelf opofferde aan een kwaadaardige dokter en bijna gedood werd en daarna onze breuk.

Ik zet mijn telefoon aan om Dahlia, mijn zusje, te bellen om haar te laten weten wat er met mama aan de hand is.

'Hey zus, wat is er?' antwoordt ze vrolijk.

'Mwah.' Het is alles wat ik kan uitbrengen. Plotseling voel ik dat ik dit niet kan.

'Wat is er, Story? Is het mama?'

Ik snuif. 'Ja. Een beetje.'

Ik weet niet waarom ik *een beetje* zei. Ik belde niet om over mijn problemen te praten.

'Gaat het met haar?' Ik hoor de alarmbellen in Dahlia's stem, wat ik begrijp. We zijn allemaal bang voor die ene telefoon. Die waar we horen dat mama zelfmoord heeft gepleegd.

'Ja, ik denk het. Ze klonk depressief dus ik ga naar haar toe. Ik zal zorgen dat ze een afspraak met haar therapeut heeft.'

'Goed. Ik ben blij dat ze herkent wanneer ze hulp nodig heeft,' zegt Dahlia.

'Ik weet het.' Ik raak weer geëmotioneerd.

'Hoe gaat het met jou? Moet ik naar huis komen?'

'Nee, nee. Het gaat wel. Ik, uhm, ik heb het nu ook moeilijk.'

'O nee! Wat gebeurt er?'

Tranen beginnen over mijn gezicht te stromen. Ik haal mijn hand van het stuur om ze weg te vegen met mijn vingers. 'Weet je die jongen waar ik je over vertelde?'

'O mijn god, ja! Wat is er aan de hand?'

'Dahlia, ik denk dat ik misschien gestoord ben.'

'Wat bedoel je?'

'Ik weet het niet. Alsof ik kapot ben. Misschien heb ik mama's liefdes genen.'

'Zeker niet,' zegt mijn zus vastberaden. 'Wat is er aan de hand? Je vond deze jongen echt leuk, toch?'

'Ja,' huil ik. 'Maar toen kreeg ik dat angstige gevoel dat ik meestal krijg. Je weet wel - het teken. Dat is wanneer ik weet dat dingen niet gaan werken, en dat ik eruit moet stappen. Alleen heb ik het uitgemaakt, en de onrust groeit alleen maar.'

'Oké, wacht even. Dus je denkt dat het een teken is als je angstig wordt in een relatie, en dat het betekent dat je het moet uitmaken?'

'Ja. Alsof mijn intuïtie me vertelt dat dingen niet gaan werken, en dat ik moet stoppen voordat het te diep gaat.'

'Wacht, wacht, wacht. Daarom date je nooit langer dan een paar maanden met iemand?'

'Ja, maar het ding is, deze keer werkte het niet. Ik ben nog steeds angstig. En nu ben ik totaal in de war.'

'Story, heb je er ooit bij stilgestaan dat angst geen instinct is, maar gewoon angst?'

Dat slaat in als een raket tussen mijn ogen.

Ik kan niet eens antwoorden.

'Wat als de angst er is omdat je bang bent om dichtbij iemand te komen, niet omdat het een intuïtie is dat het niet gaat werken?'

Huh. Mijn tranen stoppen met vallen. Dat voelt *juist*.

Alsof het waar zou kunnen zijn.

'Dus je hebt deze jongen weggeduwd, en nu ben je bang omdat je denkt dat je hem kwijt bent.'

'Ik weet het niet...'

'Misschien weet je het wel.'

Ik lach, ondanks mezelf. 'Je denkt dat je zo wijs bent, alleen omdat je de enige in de familie bent die een relatie langer dan drie jaar heeft volgehouden.'

'Nou, mama en papa deden dat ook. Maar ze deden het zo slecht dat het de rest van ons liet denken dat relaties onmogelijk zijn.'

'Jij niet.'

'Dat komt omdat ik Joe had.'

'Ja. Joe is de beste,' stem ik in, mijn hart plotseling vol verlangen naar Oleg.

Oleg is honderd keer beter dan Joe, naar mijn mening. Oleg is de perfecte man.

Wat als ik *wel* angstig ben omdat ik hem kwijt ben en niet omdat ik hem moest laten gaan?

Wat als hij mijn Joe is? De ware.

Mijn voor-altijd?

Ik parkeer voor het appartement van mijn moeder. Ze wacht op de veranda, ondanks de kou.

'Hé, mam.' Ik omhels haar.

'Ik heb hem eruit geschopt,' zegt ze, terwijl ze in tranen uitbarst. 'En nu denk ik dat ik hem terug wil.'

Ik huil met haar mee. 'Ik heb hetzelfde gedaan, mam. En ik denk dat het een fout was.'

Oleg

Zaterdagavond douche ik en trek een schoon shirt en spijkerbroek aan. Ik scheer mijn gezicht en gebruik wat van Maxims aftershave, en dan rijd ik naar Rue's.

Woensdag heb ik een handgeschreven brief naar Story gestuurd. Het kostte me een eeuwigheid omdat ik eerst op de iPad typte om er zeker van te zijn dat ik het Engels goed spelde, maar ik wilde dat het handgeschreven was, niet geprint of gemaild. Er stond,

Story,

Mijn prachtige lastochka.

Ik heb je teleurgesteld. Ik dacht dat ik het juiste deed door weg te gaan voor jouw veiligheid, maar ik realiseer me nu dat je nooit veilig wilde zijn. Je wilde op mij kunnen vertrouwen. En door je in de steek te laten, heb ik bewezen onbetrouwbaar te zijn.

Ik wil dat je weet dat ik je wens om onze relatie te beëindigen respecteer, maar jij bent mijn levensdoel.

Jouw rots zijn.

Je veilig houden.

Je zien optreden.

Dit zijn de dingen waar ik voor leef en adem.

Dus ik ga niet stoppen met naar je shows komen. Ik zal niet stoppen met ervoor te zorgen dat je veilig thuiskomt. Ik zal er voor je zijn op elke manier die je wilt. Om je op te vangen als je van het podium duikt of om je apparatuur naar binnen te dragen of gewoon om in de hoek te zitten en nooit meer contact te maken.

Maar je kunt op me rekenen.

Ik heb het verkloot, maar ik zal het niet nog eens doen. Nooit meer.

Ik ben jouw rots. Je kunt op mij vertrouwen.

Ik beloof het.

Ya lyublyu tebya. *Ik hou van je.*

Oleg

Ze heeft niet gebeld of geappt nadat ze hem kreeg. Verdomme, ik weet niet eens of ze hem gelezen heeft. Misschien heeft ze het ding gewoon in de prullenbak gegooid. Niet omdat ze me haat - ik denk niet dat dit het geval is. Maar omdat het te pijnlijk voor haar was.

Ze probeert een schone breuk te maken.

Dat is de grootste last die op mijn schouders drukt terwijl ik parkeer op het terrein achter Rue's Lounge. Ik kwam niet vroeg genoeg om mijn tafel te krijgen omdat ik Story niet boos wilde maken. Ik wilde haar niet van streek maken voor haar optreden of haar laten denken dat ze met me moest praten.

Ik glip nu naar binnen nadat ze haar eerste set is begonnen. De plek zit vol. The Storytellers rocken het Jane's Addiction-nummer, 'Jane Says'. Story's haar is terug naar platinablond, en ze draagt een donkere tint lippenstift die haar ogen laat opvallen.

Ik glip naar binnen en ga tegen de achtermuur staan. Ik hoop dat ze me niet vraagt om te vertrekken als ze me ziet. Ik bid dat ze de brief heeft gelezen en begrijpt dat ik hier moet zijn. Ik moet haar bewijzen dat ik de man ben die ze geloofde dat ik was.

Annie, een van de cocktail serveersters, brengt me een biertje zonder dat ik erom vraag.

Story begint aan een van haar originele nummers en dan nog een. Hun optreden is vlekkeloos, en toch zie ik de slijtage van de week op haar. Ze glimlacht of springt niet zoveel. Ze is gewoon soepel en professioneel.

En dan ziet ze me. Haar blik landt op mij en blijft plakken, maar ze hapert niet in het zingen van de woorden of het tokkelen van haar akkoorden.

Ze verwachtte me.

Dus ze heeft mijn brief gelezen.

Ze maakt haar lied af en loopt langs de voorkant van het podium af. 'Hé. Ik heb aan een nieuw nummer gewerkt, willen jullie het horen?'

Ik klap in mijn handen terwijl het publiek juicht.

'Het gaat over deze jongen. Jullie kennen hem waarschijnlijk. Hij zit meestal daar.' Ze wijst naar mijn tafel waar vanavond andere klootzakken zitten.

Ik verstijf.

'Ik liet hem recentelijk in mijn leven, en het was goed. Echt goed. Maar soms rennen we weg van dingen in ons leven die goed zijn. Omdat ze ons iets zouden geven wat de moeite waard is om te verliezen, weet je wel?'

Ze werpt een gekwetste blik in mijn richting, en mensen draaien zich om te zien naar wie ze kijkt.

Daar is hij. Dat is de jongen op wie ze klimt, hoor ik de vaste bezoekers zeggen.

'Maar de echte helden zijn degenen die blijven opduiken. Zelfs als je ze wegduwt. En dat is wat Oleg voor mij doet. Hij is zo betrouwbaar als maar zijn kan. En dit nummer is voor hem.'

Story zet de microfoon in de standaard en positioneert zichzelf ervoor, benen wijd.

I know you from a distance / I haven't had a taste.
Didn't want to let you / cuz I only like the chase.
You are in my sphere / I am in your ear
Then you take me home, but you won't come in.
I don't know, I don't know, I don't know what I'm doing,
But when I'm with you / when I'm with you-ou.
I don't need anything. I don't need anything at all.

I'm up against the wall / your hands tangle in my clothes
I'm kissing, I'm biting, I'm rocked down to my toes
When you show up, you show up strong.
I don't know, I don't know, I don't know what I'm doing,
But when I'm with you / when I'm with you-ou.
I don't need anything. I don't need anything at all.
Set the house on fire, burn it to the ground.
The cities fall, wreckage all around
When you show up, you show up strong
I don't know, I don't know, I don't know what I'm doing,
but I'm with you / when I'm with you-ou,
I don't need anything at all.
And I don't know, I don't know, I don't know what we're doing.
But I don't need anything. I don't need anything, but you.

Ik weet niet wanneer ik me verplaatst heb, maar als het lied eindigt sta ik voor het podium en kijk naar mijn kleine zwaluw, aangetrokken als een magneet tot haar aanwezigheid. Story haalt de gitaarriem over haar hoofd.

'I don't need anything, but you.' Ze zingt het laatste lied a capella. En dan springt ze van de voorkant van het podium in mijn armen in een over de drempel gedragen bruidshouding.

Het publiek juicht als een gek.

Flynn haast zich om zijn microfoon aan te zetten terwijl ik met Story naar de achterkant van de zaal loop. 'Dat was Story Taylor. Ik ben Flynn, en wij zijn de Storytellers. We zijn terug na een korte pauze, mensen. Bedankt dat jullie gekomen zijn.'

Ik neurie zachtjes - het geluid dat ik alleen voor haar maak. De manier waarop ik haar naam roep. Ze nestelt haar gezicht in mijn nek en neuriet terug.

'Bedankt dat je voor me gekomen bent,' mompelt ze.

Altijd, wil ik zeggen. Ik besluit om wat meer te neuriën.

'Betekent dat altijd?' Ze leest mijn gedachten.

Ik knik en draai me om naar haar om de bovenkant van haar hoofd te kussen. In de achterste hoek zet ik haar op haar voeten en druk mijn lichaam tegen het hare, haar afschermend van het zicht van de rest van de bar. Ik wijs naar haar borst, dan naar de mijne.

Haar glimlach flikkert. Er is nog steeds verdriet om haar heen. 'Ik hoor bij jou?'

Ik knik en dan draai ik de volgorde om.

'Jij hoort bij mij.'

Ik knik opnieuw.

'Kan ik bij je intrekken?'

Een glimlach verrast mijn uitdrukkingsloze gezicht met zijn plotselinge verschijning.

'Verdorie.' Ze reikt omhoog om haar handpalm tegen mijn wang te plaatsen. 'Je bent zo knap als je lacht.'

Mijn glimlach wordt breder.

'Het spijt me. Ik werd bang.'

Ik schud mijn hoofd en wijs naar mezelf, en maak dan het teken voor *sorry*.

'Ik weet dat het je spijt. Je hebt me nooit willen kwetsen. Je probeerde voor me te zorgen.'

Ik knik.

'Ik kan niet beloven dat ik niet weer zal flippen.'

Ik schud mijn hoofd. Ik zal het niet toelaten, wil ik zeggen. Ik wijs naar mijn borst, schud dan mijn hoofd terwijl ik naar de deur wijs.

'Jij gaat niet weg?'

Ik knik.

'Nooit?'

Ik schud krachtig mijn hoofd.

'Je bent van mij?'

Daar is die glimlach weer. Mijn gezichtsspieren zullen moeten wennen aan het nieuwe gevoel.

'Ik hou van je.'

Ik kom langzaam dichterbij, genietend van elk kostbaar moment terwijl ik van haar lippen nip, eerst zachtjes, dan bewegend naar een bezitterige, eisende kus.

Story ontspant zich meer en meer, de spanning en wolk om haar heen trekken weg.

Ik wenk met mijn vinger, een paar stappen achteruitgaand om een stoel naar achteren te trekken. Story kruipt onmiddellijk op mijn schoot, waar ze thuishoort.

HOOFDSTUK 17

Story

'Pak me dan als je kan!' gil ik zodra we de lift uitstappen in het Kremlin na mijn show. Ik ren meteen naar de deur die naar het dak leidt.

Ik hoor Olegs zachte gegrinnik vlak achter me, maar hij laat me doen alsof ik wegkom terwijl ik de trap op ren naar het prachtige dakterras met zwembad. De lucht is ijskoud en er stijgt stoom op uit de jacuzzi wanneer ik het dekzeil op rol.

'De laatste erin is een rot ei.' Ik trek giechelend mijn kleren uit.

Oleg haast zich niet. Hij kleedt zich langzaam uit, terwijl hij me met volledige aandacht bekijkt terwijl ik mijn jas, laarzen, maillot, rok, shirt, beha en slipje op het met kiezelstenen bedekte dek laat vallen.

Ik spring erin voordat ik het koud krijg en deins op en neer, springend op mijn voeten, waardoor het water rond mijn borsten spettert terwijl ze in en uit het wateroppervlak duiken.

Oleg is eindelijk klaar met uitkleden, hij ziet eruit als een hengst met een erectie ter grootte van mijn onderarm. Ik spetter hem nat.

Zijn ogen fonkelen. Hij trekt een wenkbrauw op en wijst met een vinger.

'Oei.' Ik glimlach. 'Gaat Big Daddy me een tik geven?'

Alsjeblieft.

Ik heb ontdekt dat zijn andere koosnaampje voor mij - *shalun'ya* - stout meisje of ondeugende meid betekent, wat ik geweldig vind. Hij daalt af in het water, staat op de eerste trede, en gaat dan zitten op de rand van het bad. Zijn wenkbrauwen bewegen vluchtig terwijl hij naar me reikt.

O God.

Hij gaat me echt een tik geven. Ik word opgewonden en een beetje nerveus, alleen omdat het de vorige keer bijna net zoveel pijn als genot gaf.

Hij spreidt zijn knieën en trekt me over een van zijn dijen, buigt me voorover zodat mijn handen op de zwembadrand achter hem rusten.

Ik laat een trillend *piepje* ontsnappen.

Hij neuriet zachtjes en geeft dan een klap op mijn natte billen.

'Au! O mijn God, dat doet pijn.'

Nog een klap, vergezeld door een donkere lach. Ik dans opgewonden op mijn voeten. Geil. Pijnlijk. Hij wrijft over mijn billen en glijdt dan met zijn vingers tussen mijn benen. Ik kronkel bij de schok van sensaties wanneer zijn vingers mijn gevoeligste plekjes strelen. Hij geeft nog twee snelle tikken en wrijft dan weer.

O God, het voelt lekker.

Zo opwindend. Heerlijk. De scherpte van de eerste pijn ebt weg terwijl genot door me heen stroomt. Ik weet niet waarom ik ervan hou. Het maakt niet uit. Het is Oleg, en ik vertrouw hem volledig.

Hij gaat nog een paar rondes door - een paar tikken, dan met zijn middelvinger die over mijn clitoris cirkelt. Mijn opwinding neemt snel toe. 'Meer,' kreun ik, ook al doen mijn billen al pijn.

Natuurlijk geeft hij gehoor, met zeven snelle tikken die me doen gillen en met mijn voeten laten trappelen. En dan zijn we plotseling beiden ondergedompeld in het water, warmte die brandt over de winterkou op mijn huid. Oleg knijpt in een van mijn tepels terwijl hij een arm achter mijn rug klemt en mijn lichaam tegen het zijne trekt. Ik sla mijn benen om zijn middel. Hij gebruikt zijn hand om zijn penis te richten naar mijn ingang.

Door het water en de gewichtloosheid is het glibberig en moeilijk voor hem om binnen te dringen, en enkele ogenblikken later bevind ik me op mijn knieën op het opstapje, mijn ellebogen op een kussen van een nabijgelegen ligstoel, met Oleg die me van achteren neemt. Hij grijpt mijn haar in zijn vuist op een respectloze manier, en ik geniet ervan. Ik hou ervan omdat ik weet dat deze man buiten de slaapkamer allesbehalve respectloos is. Hij is de veiligste schurk die ik ooit zal vinden, en ik vind zijn kracht en dominantie heerlijk.

Hij neemt me hard, beschermt mijn heupen tegen de rand van het bad met zijn onderarm om mijn middel. Ik word helemaal gek, kreun zijn naam, hijgend, smekend om verlossing. Zijn duim vindt mijn mond. Ik zuig er hard aan, in de hoop hem tot een climax te brengen, zodat ik de mijne kan krijgen. Het werkt. Hij gromt en duwt diep naar binnen, bonkend tegen mijn billen terwijl hij klaarkomt. Ik krijg een orgasme op het moment dat hij zichzelf laat gaan, zonder de clitoris-massage die hij me geeft nodig te hebben.

Ik schreeuw omdat ik het kan. Omdat het goed voelt om zo luid te zijn als ik wil, hier bovenop het dak.

Wanneer we beiden stil worden, Olegs hart tegen mijn

rug kloppend, brengt hij zijn lippen naar mijn oor en bijt zachtjes, om daarna te kussen.

Ik hoor zijn zachte gebrom - het geluid dat hij voor mij maakt wanneer we dicht bij elkaar komen.

Ik beantwoord het.

Hij trekt zich terug en draait me om, wijst naar mijn borst en dan naar de zijne.

'Ja,' zeg ik zachtjes. 'Ik ben van jou.'

Hij installeert me op zijn schoot in het water, nog steeds neuriënd.

'Hé, raad eens? We beginnen volgende maand met onze gebarentaal-lessen bij de volksuniversiteit.' Ik heb het gisteren uitgezocht en mezelf ingeschreven. Ik zou Oleg ook hebben ingeschreven, maar hij moet zich eerst registreren.

Hij trekt zijn wenkbrauwen op.

'We gaan het allebei leren, zodat we gemakkelijk kunnen praten. Hoe ga je anders met onze kinderen praten?'

Oleg laat een verraste zucht horen gevolgd door een zachte kreun en knippert snel met zijn ogen. Als ik niet beter wist, zou ik zweren dat mijn grote sterke man tranen in zijn ogen had. Hij wijst naar mij, maakt dan het handgebaar voor *willen*, en imiteert vervolgens het wiegen van een baby.

'Ja, ik wil kinderen, jij ook?'

Nog een zachte kreun en knipper met zijn ogen. Hij knikt.

'Ik denk aan zo'n drie of vier. Een groot, luidruchtig huis vol kinderen. Want gekke chaos is helemaal mijn ding.'

Oleg lacht, snikt en leunt met zijn voorhoofd tegen mijn wang, wiegt me zachtjes in het water.

'Ben je akkoord?'

Hij maakt zijn brommend geluid en staat op, tilt me uit het water. Hij bukt om zijn keycard op te pakken en laat onze kleren op het dek liggen terwijl hij me naar de deur draagt.

'Waar gaan we heen? Ga je me weer neuken?' Normaal

gesproken praat ik niet zo vulgair, maar na het lezen van alle dingen die Oleg vorige week tegen me wilde zeggen, denk ik dat ik zijn gedachten verwoord.

Zijn ogen worden donker van stoute beloftes.

Ik giechel en versterk mijn greep om zijn nek, trappelend met mijn voeten van plezier.

EPILOOG

Oleg

'S-t-ory.' Ik werk zorgvuldig om de klanken correct over mijn lippen te laten komen. Ik sta in de deuropening van Story's muziekstudio op de tiende verdieping waar ze lesgeeft en repeteert met de band.

Ravil heeft geregeld dat een logopedist elke week met me werkt om weer te leren praten. Ik maak geluiden met mijn lippen om de klanken te vervangen die ik niet met mijn tong kan maken. Ik haat verdomme hoe het klinkt, maar het zien oplichten van Story's gezicht bij het horen van haar naam maakt het de moeite waard.

Mijn meisje draait zich om en glimlacht over haar schouder naar me, waarna ze een aanloop neemt en in mijn armen springt. 'Hoi, Big Daddy,' zegt ze met een lage, ademloze stem.

Verdomme. Nu wil ik haar gewoon tegen de muur drukken en haar hier en nu hard nemen.

Maar nee. Ik heb andere plannen.

'Hoe ging de logopedie?' vraagt ze, terwijl ze tientallen kusjes over mijn gezicht strooit.

'Goev,' zeg ik. De D-klank blijft nog lastig. 'Trouw met me,' flap ik eruit. Ik had net de hele zin een uur lang geoefend, maar ik bezweek onder de druk.

Story's hoofd schiet naar achteren om me aan te kijken. 'Heb je me net ten huwelijk gevraagd?'

'Ja. Wil je?' De woorden klinken niet helemaal goed, maar ze begrijpt me.

Ze lacht en huilt tegelijk. 'Ja. Ja, dat wil ik.'

Ik verplaats mijn handen om de ring te pakken die ik in mijn zak had gestoken en laat hem aan haar zien. Het is een kleine, delicate ring met drie slanke met diamanten bezette bandjes die door elkaar zijn gevlochten en drie halve karaat diamanten aan de bovenkant. Story is niet het type dat een grote steen of iets te opzichtigs wil. Ik wilde iets artistieks en liefs, zoals zij.

'Ik vind hem prachtig.' Ze laat me de ring om haar ringvinger schuiven. 'Ik vind hem zo mooi.'

'Kom op.' Ik draag haar de muziekstudio uit en naar de lift. Als we uitstappen, ga ik door de hoofdingang van het penthouse waar iedereen wacht.

Die klootzakken hebben me allemaal het afgelopen uur horen oefenen, dus iedereen wist wat er ging gebeuren.

'En?' eist Sasha. Maxim houdt een fles champagne in zijn handen, klaar om de kurk te laten knallen.

'Ja,' zeg ik. Ik zet mijn *lastochka* niet neer. Haar ronddragen is een van de grootste geneugten in mijn leven.

De kamer ontploft in gejuich en geroep. Zelfs baby Benjamin jubelt en klapt met zijn mollige handjes. De kurk knalt en raakt het plafond. Champagne morst op de vloer.

'*Pozdravleniya!*' roept Sasha haar felicitaties in het Russisch. Pavel, Dima en Nikolia herhalen het, gevolgd door Lucy, die sneller basis Russisch heeft geleerd dan wij Engels. Pavels vriendin Kayla, die op bezoek is uit L.A., springt op en neer, even energiek als lief.

Maxim schenkt twee glazen champagne in en geeft ze aan ons. We wachten tot iedereen een glas heeft.

'Op Story, die onze broer Oleg aan ons heeft onthuld.' Ravil heft zijn glas.

'Op Story.' Ik hef het mijne.

'Ik hou van je,' zegt Story tegen me en draait zich dan in mijn armen. 'Ik hou van jullie allemaal.' Ze heft haar glas en neemt dan een slokje. 'Jullie zijn de beste nieuwe geadopteerde familie die ik me kon wensen, en ik vind het heerlijk om hier met jullie te wonen, maar ik begrijp het als jullie ons eruit moeten schoppen na ons tweede of derde kind.'

Er klinkt gelach en meer geklets, maar ik hoor er niets van omdat de wereld voor mij vernauwd tot alleen Story, zoals altijd.

Mijn obsessie. Mijn prachtige zwaluw.

En binnenkort, mijn vrouw.

VEGAS UNDERGROUND SERIE

Lees het *Vegas Underground* serie,
   Koning van de diamanten

Lees nu

IK HEB JE GEWAARSCHUWD.

Ik zei je geen voet meer in mijn casino te zetten. Ik zei dat je weg moest blijven. Want als ik die heupen zie bewegen in de buurt van mijn suite, dan zet ik je tegen de muur en neem je hard. En als ik je eenmaal de mijne heb gemaakt, laat ik je niet meer gaan.

Want ik ben de koning van de Vegas underground en ik neem wat ik wil.

Dus ga weg. Blijf verdomme uit de buurt van mijn casino.

Of ik bind je vast aan mijn bed. Zet je op je knieën.

Breek je.

Dus kom tot bij mij, schoonheid, als je durft...

Lees nu

ANDERE TITELS VAN RENEE ROSE

Vegas Underground

Koning van de diamanten

Maffia Papa

Schoppenboer

Hartenaas

Joker

Zijn Klaverenkoningin

De hand van de dode man

Wild Card

Chicago Bratva Serie

Proloog

De Regisseur

De Fixer

Eigendom

De Handhaver

OVER RENEE ROSE

USA TODAY BESTSELLING AUTHOR RENEE ROSE houdt van een dominante alpha held met vieze praatjes! Ze heeft meer dan twee miljoen exemplaren verkocht van stomende romances met verschillende niveaus van erotiek. Haar boeken zijn verschenen in USA Today's Happily Ever After en Popsugar. Ze is in 2013 uitgeroepen tot Eroticon USA's Next Top Erotic Author, en heeft ook Spunky and Sassy's Favoriete Sci-Fi and Anthology author gewonnen, The Romance Reviews Beste Historische Romance, en heeft meer dan een dozijn keer de USA Today lijst gehaald met haar Chicago Bratva, Bad Boy Alpha en Wolf Ranch series en verschillende anthologieën.

Renee houdt ervan om met lezers in contact te komen!
https://www.reneeroseromance.com
reneeroseauthor@gmail.com